書下ろし

闇奉行 押込み葬儀

喜安幸夫

祥伝社文庫

目次

「闇奉行 押込み葬儀」の舞台

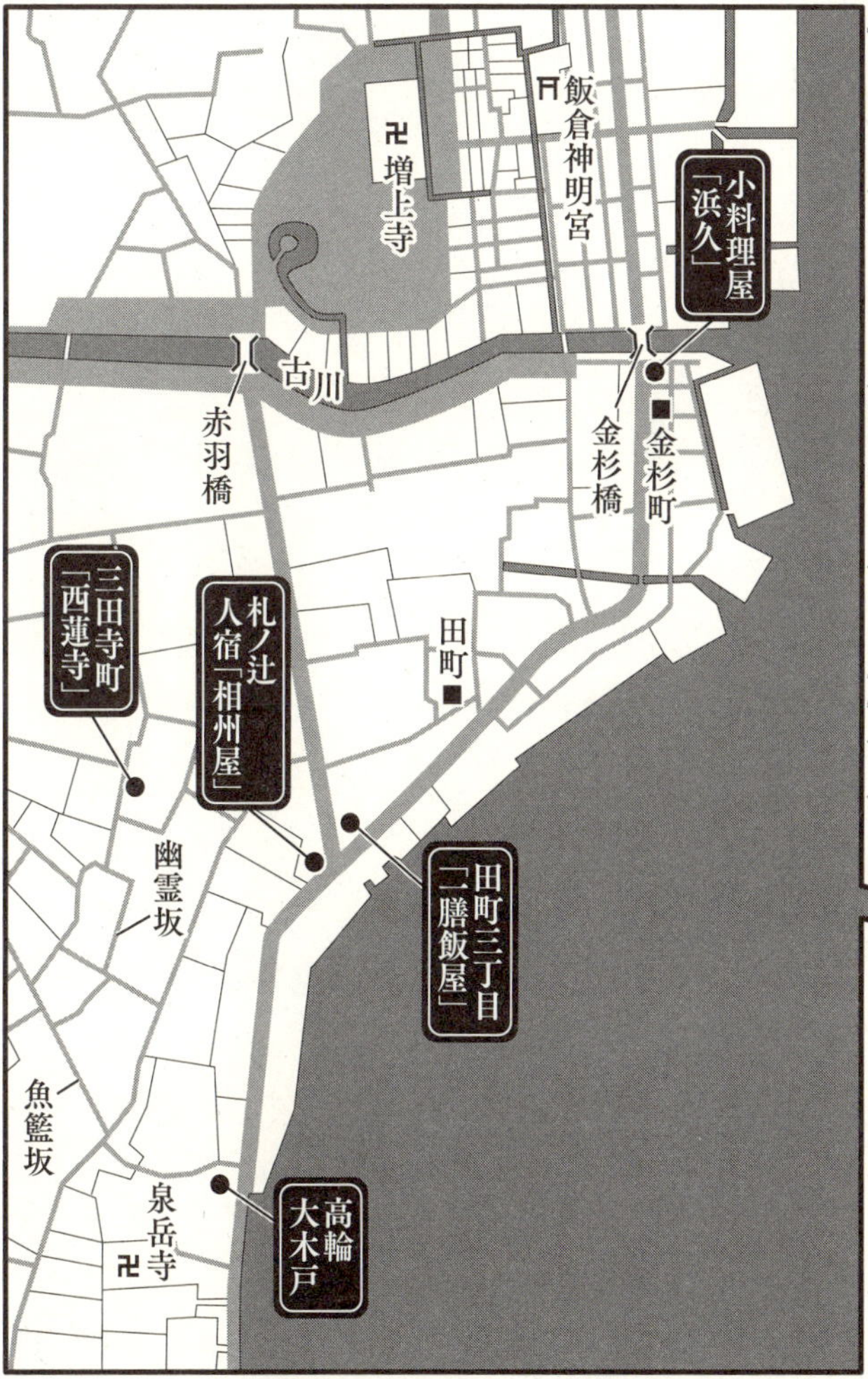
飯倉神明宮
増上寺
小料理屋「浜久」
古川
赤羽橋
金杉橋
金杉町
三田寺町「西蓮寺」
札ノ辻
人宿「相州屋」
田町
幽霊坂
田町三丁目「一膳飯屋」
魚籃坂
泉岳寺
高輪大木戸

地図作成／三潮社

一　路上の芸達者たち

一

いつもは人や荷の行き交う東海道《とうかいどう》筋の札ノ辻《ふだのつじ》に、朝から人通りもなければ大八《だいはち》車《ぐるま》や荷馬の動きもない。

激しい風雨や大雪でもない。

空は晴れわたっている。

子供たちが往来を気にすることなく、男の子は凧揚《たこあ》げに興じ、羽根つきの音は女の子の一群である。大人はきょう一日、きのうまでの慌ただしさとは打って変わり、朝からのんびりと春気分を味わっている。

文政《ぶんせい》三年（一八二〇）元旦である。

武家はしばらく正月の行事がつづくだろうが、町場は二日から動きはじめる。気の早い商家では、この日に幟旗《のぼりばた》を立てた初荷が入る。

往来にも人が湧き出ていつもの日々と変わりがなくなり、お沙世《さよ》の茶店も二日から店を開ける。江戸府内で街道筋とあれば、荷の往来だけでなく旅に出る者も江戸に帰って来た人も通り、往還《おうかん》にまで出した縁台にちょいと腰かけ、ひと息ついて行く者もけっこういる。着飾った男や女の往来もあり、初詣《はつもうで》に行くかその帰りであろう。

そのなかに、いずれの寺社の境内《けいだい》か往来の角で物貰《ものもら》いでもしていたか、髷《まげ》はもとのかたちをとどめないほどに崩れ、つぎはぎの着物を重ね着にし、素足《すあし》にすり切れたわらじの男が、ふらふらと歩いているのが目に入った。

この日も相州屋《そうしゆうや》の忠吾郎《ちゆうごろう》は、朝から達磨《だるま》に似た風貌で茶店の縁台に腰を据え、鉄の長煙管《ながぎせる》をくゆらせながら、往来人に視線をながしていた。横に空《から》の盆を小脇に、看板娘のお沙世が前掛《まえかけ》姿で立っている。

さきほどから二人の目が、つぎはぎ男を捉《とら》えている。若くもなく老けてもおらず、三十前後に見える。往来人はその者を避《よ》けるように通り過ぎる。男は、向かいの相州屋の暖簾《のれん》にも看板にも〝人宿《ひとやど》〟とあるのへ気づいてか知らずにか、ふらふらと近寄って行く。

「旦那、いいんですか。声をかけなくても」

お沙世が心配そうに言ったのへ、

「ふむ」

と、忠吾郎はうなずいただけだった。

街道筋で田町《たまち》の札ノ辻に暖簾を張る相州屋は、奉公先を他人《ひと》に斡旋する口入屋《くちいれや》である。なかでも喰いつめ者や無宿者で、その日の寝泊まりにも困っている者を暫時《ざんじ》住まわせる長屋を備えているのを〝人宿〟といい、その長屋を〝寄子宿《よりこやど》〟といって、そこに入っている者を〝寄子《よりこ》〟といった。

あるじの忠吾郎がいつも向かいの茶店の縁台に腰を据え、往来人を見つめているのは、江戸へながれて来る喰いつめ者がいたなら声をかけ、事情を聞き奉公先をさがしてやるためである。知る辺《しるべ》のない喰いつめ者が江戸にながれて来ても、ろくな明日は待っていない。とくに女は悲惨であろう。いわば相州屋は人助けであり、この人宿に助けられた者は数知れない。

田町四丁目の札ノ辻は、そうした人宿の暖簾を張るのに適した地であった。東海道を品川宿《しながわしゅく》から江戸府内に入れば、最初の江戸の町並みが田町であり、日本《にほん》橋《ばし》に向かう道筋になり、赤坂《あかさか》や四ツ谷《よつや》方面に行く往還がそこから分岐している。府内のいずれに向かうにも歩を踏むのが、田町四丁目の札ノ辻である。

そこへ、いかにも喰いつめ者と見える男が迷いこんで来たのだ。

ならばお沙世に催促されなくても、忠吾郎がやおら腰を上げ、ねんごろに声をかけてもいいはずである。

ところが、

「旦那ア」

お沙世が再度言っても、忠吾郎はただ見つめているだけで動こうとしない。喰いつめ者らしい男のすぐ脇を、初荷の幟旗を立てた大八車が車輪の音とともに土ぼこりを上げ走り去った。

男は慌てて避け、そのまま足をもつらせ地に崩れこんだ。

「きゃーっ」

近くを歩いていた女が声を上げた。

「大変、助けないと！」

茶店から飛び出そうとするお沙世の袖《そで》を忠吾郎はつかみ、

「もうすこし見ていよ」

「でもおっ」

お沙世はつかまれた袖をふり払おうとするが、忠吾郎は放さない。

喰いつめ者らしい男は地に倒れたまま、身動きしない。

お沙世は息を呑み、往来人が、

「どうした！」

「行き倒れか！」

四方から集まり、野次馬となる。

男のようすを見ようと、しゃがみこんだ者がいた。

叫んだ。

「死んでおるぞ！」

「えぇえ！」

「まさか、こんなところで!?」

周囲から声が上がり、野次馬たちはあとずさった。

お沙世は袖をふり払うよりも逆に太い腕をつかみ、

「旦那ア」

忠吾郎を引っぱり出そうとする。

だが忠吾郎はなおも言った。

「黙って見ておれ」

縁台から動こうとしない。

「おおぉぉぉ」

また野次馬から声が上がった。倒れた喰いつめ者らしい男が動き、身を起こそうともがいたのだ。

「生きておるぞ」

「誰だ、死んでるって言ったやつは」

「正月から縁起でもねえ」

数人が駈け寄り、喰いつめ者らしい男の背を支え起こした。男はふらつきながらも自分の足で立った。

おもての騒ぎに気づいたか、相州屋の暖簾から番頭の正之助《まさのすけ》が顔をのぞかせた。五十がらみで、実直なお店者《たなもの》といった顔立ちである。

野次馬のなかから声が出る。

「おお、ちょうどいい。ここは相州屋さんだ」

「そうそう。寄子宿に入れてもらって、ともかくきょうあす、なんとかしてもらいなさいよ」

女の声は、近くの干物屋《ひものや》のおかみさんのようだ。

野次馬たちの顔が、一斉に正之助に向けられた。

正之助は暖簾から出て来て、

「行き倒れですか。どこか行くあてはありなさるか。そうそう、名はなんとおっしゃる」

「へえ。あてはありやすが、ちょいと腹が減っただけでやして」

男はか細い声で言うと、ふたたびふらつく足を進めようとする。野次馬たちは男も女も、固唾《かたず》を呑む思いで成り行きを見守っている。

正之助は言った。

「行くあてがありなさるなら、それに越したことはありません。些少《さしょう》ですが、これを持って行きなされ。近くに屋台も出ていましょうから」

いくらかの金子《きんす》を男の手に握らせた。

するとまわりにも応じる声があり、たちまち安宿に入ってきょう一日をしのげるほどの金が集まった。

「ありがとうございやす、ありがとうございやす。わし、次之平《じのへい》と申しますじゃ。この町の皆さまのご恩、決して忘れませぬ」

大げさに言うと集まった金をふところに、次之平と名乗った男はまわりに幾度も頭を下げ、またふらふらと相州屋の前を去ろうとする。正之助がその背に声をかけた。

「次之平さんか。困ったならまたここへ戻って来なされ。泊まるところも温かいめしもありますから」

「へえ、ありがとうございやす」

次之平はふり返ってまた頭を下げ、おぼつかない足取りで品川の方向に歩を進めた。

集まった野次馬たちには、町内の者もおれば通りすがりの者もいる。

「こいつぁ春から、いい人助けができたぜ」

「そう、俺もだ」

「あたしもよ」

と、一文、二文さらに十文、二十文とすこしでも恵んだ者は言い、見守っていただけの面々も、ホッとした表情になった。

正之助は暖簾の中に戻り、集まった野次馬たちも散り、街道はもとの動きに戻った。

　忠吾郎は終始縁台から動かず、お沙世も結局その横から動くことはできなかった。だが言った。

「旦那、なんですか。困っているお人を目の前にして。寄子宿に入れ、面倒をみてやるのが相州屋じゃないですか。正之助さんもいくらか恵んだだけで、困ったらまたおいでなどと」

「ふふふ。やはりおまえにも、あやつが憐《あわ》れに見えたか」

「見えたかって、そうじゃないんですか？」

　お沙世が問い返そうとしたとき、となりの縁台に座って茶を飲みながら一部始終を見ていた武士が、

「おもしろいものを見せてもらった」

と、お代を縁台において腰を上げ、挟箱持《はさみばこもち》の中間《ちゅうげん》をうながし悠然と品川方向に歩を取った。歩きやすいように袴《はかま》の股立《ももだ》ちを取り、打飼袋《うちがいぶくろ》を背に結んだ旅装束である。

「ありがとうございました」

　お沙世がその背に声をかける。

供を連れた旅の武士が、ちょいと茶店の縁台に腰かけるなど、街道筋なら珍しい光景ではない。お沙世の茶店にも武士だけでなく、武家の妻女がちょいと茶を飲んで行くことがよくある。

さきほどから忠吾郎は、次之平なる男の所業に視線を向けながらも、となりの縁台の武士が気になっていた。

武士は忠吾郎とおなじように、路上でのようすを凝《じ》っと見つめていた。次之平なる男が倒れこんだときも忠吾郎と同様、身じろぎもしなかった。旅装束で東海道を品川方向に歩を踏んだから、正月早々に西国《さいごく》へ旅に出るようだ。出立《しゅったつ》にあたって、面倒な町場の出来事《しゅったいじ》に係《かか》り合《あ》いたくなかったのかもしれない。

それだけならどうということはなかったが、武士は座ったときから発つまで、茶を口に運ぶときも、ずっと深編笠《ふかあみがさ》をかぶったままだったのだ。顔がまったく見えない。武士だけではない。中間も茶を出され縁台の横に片膝をついていたが、頭に一文字笠《いちもんじがさ》を結び終始うつむいていたから、顔が見えなかった。あるじに随《したが》っている中間が、こうしたとき片膝をついて出立を待つのは武家の作法だが、主従そろって顔の見えないのが、

（どうも不気味……）

そう感じられたのだ。

といっても、深く感じたわけではない。いくらかの不自然さを覚えながら、品川方向に去る武家主従の背に視線をながしていると、またお沙世が、

「なんなんですか、いったい」

「いや、ちょいとな」

忠吾郎は遠ざかる背に視線を向けたまま返した。

お沙世はその視線を追い、

「あらあら、まだふらついている」

心配そうに言った。

いましがた縁台を立ち品川方向へ向かった武士のすこしさきに、さきほどの次之平なる男のふらついているのが見える。片方は歴《れつき》とした武家主従で深編笠をかぶり、もう一方は喰いつめ者の風体で、正月の華《はな》やかな往来人のなかにあって目立つ。

武家主従は速足で、ふらつく次之平をまわりの往来人もそうしているように、避けるように追い越し、やがて大八車や人の往来のなかに見えなくなり、次之平のうしろ姿も街道のながれの中に消えた。

「いつまで見てるんですか」

お沙世はあきれたように言い、ようやく忠吾郎は視線をもとに戻した。

二

陽が西の空にかたむきかけている。

おクマ婆《ばあ》さんとおトラ婆さんも、きのうは寄子宿の長屋でゆっくりと過ごしたが、もうきょうから仕事に出ていた。二人はおよそ十年前に忠吾郎がこの札ノ辻に人宿の暖簾を掲げたときからの、相州屋最古参の寄子である。

太めで丸顔のおクマは、家々をまわって蠟燭《ろうそく》のしずくをかき集めて買い取る、蠟燭の流れ買いをしている。蠟燭のしずくは、量がまとまれば蠟燭問屋が買い取ってくれる。新しい蠟燭に再利用されるのだ。

細めで面長のおトラは、火熾《ひおこ》しの付木《つけぎ》売りをしている。紙のように薄く削った木片の先端に硫黄《いおう》を塗ったもので、火打石の火花をガマやススキの穂に移し、それを炎《ほのお》に変える、日々の生活の必需品である。

どちらも行商だが、かさばるものではなく目方も軽い。それほど利ざやのある商いでもない。だから魚に野菜、古着と行商の種類は多いが、蠟燭の流れ買いと付木売りは、年寄りの仕事とすみ分けられている。若者や中年の働き盛りがこれをやれば、誰も相手にしてくれないばかりか、

「おまえさん、年寄りからささやかな仕事まで奪う気かえ」

と、ののしられる。これも自然とそうなった、江戸庶民の助け合いの精神であろう。

　おクマとおトラにとって相州屋の寄子宿は、もうすっかり〝わが家〟になっている。相州屋にとっても、この二人は決して行き場のない厄介者《やっかいもの》ではない。古参の寄子として、じゅうぶん役に立っているのだ。

　その二人が街道に長い影を引き、札ノ辻に帰って来た。

　お沙世が待っていたように、

「こっち、こっち。ちょっと休んで行きなさいよ」

　寄子宿の路地に入ろうとする二人を呼びとめ、飛び上がって手招きした。

「どうしたの、お沙世ちゃん。そんなにはしゃいで」

「正月早々、なにかいいことでもあったかね」

　言いながら歩み寄って来る二人にお沙世は、

て来た。

「そんなんじゃないの。ちょいと聞いてよ。すぐお茶、淹《い》れるから」

店の奥に入り、湯気の立つ湯飲みを二つ載せた盆を両手で持ち、急ぐように出て来た。

「ありがたいねえ。仕事帰りに熱いお茶は、なによりの御馳走だよ」

「そうそう。ああ、おいしい」

縁台に腰かけ、おクマとおトラは湯飲みを口に運んだ。この時分になると、まだ正月二日であっても、往来人は家路を急ぎ、茶店でゆっくり茶でもといった者はおらず、暇になる。もちろん相州屋のお向かいさんであるお沙世の茶店は、寄子宿の住人からお代を取ったりはしない。その分、忠吾郎が日ごろからじゅうぶんな手当てをしている。

「なにか話があるみたいねえ」

「そう、そうなの。聞いて」

おクマが言ったのへ、お沙世は空《から》になった盆を小脇に縁台の横に立ち、

「きょう、まだ朝のうちだったけどさあ……」

と、相州屋のすぐ前に倒れこんだ次之平なる喰いつめ者の話をした。

おクマが、

「えぇえ！　そんな可哀相な人を寄子宿に入れないで、そのまま？」

憤慨したように言えば、おトラも、

「正之助さんも、いくらか恵んだだけで困ったらまたおいでなんて、態《てい》のいい門前払いじゃないか」

怒ったように言う。

実際、丸顔のおクマも面長のおトラも、表情に仕事疲れではない険《けわ》しさを浮かべた。

「でしょう。だからわたし、きょう一日、ずっと腹が立って」

お沙世も整った顔立ちを険しくした。

おクマとおトラはさらに口をそろえた。

「ほんと、あたしらだって気分悪い。いつもの旦那らしくない。番頭の正之助もだよ。いったい正月早々、どうしたんだろうねえ」

「問い詰めてみようよ、いますぐ」

と、話はまとまった。

お沙世はこれが狙いだったようだ。

（いつもの旦那じゃない。番頭さんも……。いったい、どうしたこと）

思いながらも、一人で大の男二人をなじり倒すのは荷が重い。そこで助っ人《すけと》になる婆さん二人の帰りを待っていたのだ。

お沙世は店の奥に声をかけた。

「お爺ちゃん、お婆ちゃん。ちょいとお向かいさんへ。あと、お願いね」

茶店は、お沙世の祖父母で隠居の久蔵《ひさぞう》とおウメが道楽でやっており、そこを一度は微禄《びろく》の武家に嫁したお沙世が婚家《こんか》と縁薄く、出戻って手伝っているのだ。歳は二十歳《はたち》を超しているが、しっかり者の看板娘として評判を取っている。

「ああ、行っておいで」

久蔵の声が返って来た。

茶店は日の出まもなくに開け、日の入りには閉じる。いま日の入りにはまだいくらか間があるが、客はいないので、安心して祖父母に任せておける。お沙世は前掛をはずした。やる気満々である。

そこへ、

――カシャカシャカシャ
歩調に合わせた羅宇竹《らうだけ》の音が聞こえて来た。羅宇屋《らうや》の仁左《じんざ》が帰って来たのだ。

「おぉう、どうしたい。三人そろって、また喰い物の話かい」

背の音とともに、縁台に近寄って来た。仁左も相州屋の寄子で、そこを拠点に江戸の町々をながしている。三十がらみか外商《そとあきな》いで煙管《きせる》の脂取《やにと》り屋というには、鳶《とび》を思わせる敏捷《びんしょう》そうな体つきに、なぜか目つきまで鋭い。

寄子宿といえば、奉公先が見つかるまでの短期間住まうだけだが、なぜか仁左もおクマやおトラほど古参ではないが、そこを長《なが》のねぐらにしている。あるじの忠吾郎がそれを許しているのは、忠吾郎もまた仁左の存在を必要としているからだった。

「あ、ちょうどいい。仁さんも一緒に」

「そう、それがいい」

またおクマとおトラが口をそろえたのへ、

「いってえ、なんなんでえ。ともかく長屋へ戻ってからだ」

仁左は返し、三人の先頭に立つように、カシャカシャと音を立て寄子宿の長屋への路地に入った。

路地を入れば、そこは相州屋の裏庭と井戸になっており、寄子宿の長屋が一画を占めている。

相州屋の母屋の居間がその裏庭に面しており、縁側越しに明かり取りの障子があり、寄子宿の住人は忠吾郎に用があるとき、わざわざおもての店場にまわることなく、この縁側から出入りしている。季節によってはこの縁側が、寄子たちの憩《いこ》いの場ともなる。

新春を迎えたとはいえ、陽射しはあってもまだ名のみで、寒さのほうが強く感じられる。

さっそく裏庭にお沙世が陣頭指揮をとり、寄子宿の全員が顔をそろえた。全員といっても、いま長屋に巣喰っているのは、おクマとおトラと仁左の三人だけである。

若い武家娘のお仙《せん》とその老僕の宇平《うへい》、それに武家屋敷の腰元だったお絹《きぬ》がいたときは、にぎやかで全体が華《はな》やいでいたが、いまそれらの顔が見られない。この年末年始にかけても、

（さて、あの三人をどうするか）

忠吾郎の念頭を離れることはなかった。

店場にいた忠吾郎がお沙世に呼ばれ、

「どうしたい、みんなで雁首《がんくび》そろえて」

障子を開け、言いながら縁側に出て来た。

仁左はまだなんの話だか聞いていないし、相州屋の前で倒れ者があったことも知らない。路地の途中でお沙世から、

「お願い、仁左さんも一緒に声を出して」

などと言われ、わけのわからないまま、縁側の前に顔をそろえたのだ。

だから忠吾郎に用件を問われ、

「さあ、なんでやしょう」

と、庭に立ったまま逆問いを入れていた。腰切半纏《こしきりばんてん》を三尺帯で決めた職人姿のときもあるが、いまは袷《あわせ》の着物を尻端折《しりはしより》に帯をきつく締めている。

このひとことで忠吾郎は、仁左に話があるのでないとわかり、内心フッと息をついた。もし仁左が持って来た話なら、それは深刻なものであり、それに第一、のっけからお沙世はともかく、おトラやおクマまで誘って来るなどあり得ないことである。

「仁左さん、なに言ってんの」

すかさずお沙世が怒ったように言い、

「旦那、話がありますよ。正之助さんも呼んでください。けさがたの行き倒れの人、門前払いにするなんて非道《ひど》いですよ」

「そう。あたしらもお沙世ちゃんから聞いて驚いたよ」

「これじゃよそさまで、相州屋に住んでるって言えなくなります」

またおクマとおトラが声をそろえる。

「なんでえ、そのことかい」

忠吾郎はようやく話の内容を解し、

「まあ、せっかくみんなの顔がそろったのだ。上がりねえ」

背後の居間を手で示した。けさがたの倒れ者の件を、忠吾郎はほとんど意に介していなかったようだ。

「なんでえとはなんですか」

言いながらお沙世は先陣を切って縁側に上がり、おクマとおトラがつづき、まだわけのわからないまま仁左も従った。

居間には正之助も呼ばれ、忠吾郎と正之助が上座にならび、向かい合うようにお沙世や仁左らが座をとった。忠吾郎と仁左はあぐら居になっているが、正之助はいかにも実直なお店者《たなもの》らしく、お沙世たちとおなじ端座《たんざ》の姿勢をとっている。

「旦那、けさは縁台に座っていながら、いったいなんですか。番頭さんも、なぜあの人を寄子宿に入れてやらなかったのですか。あれじゃ門前払いじゃありませんか」

　お沙世の話で、仁左はようやくようすがわかり、

（そりゃあ旦那らしくねえ、番頭さんもだ）

　思い、忠吾郎たちがどう応《こた》えるか、二人に視線を向けた。

「あははは」

　忠吾郎は笑い、

「お沙世はわしと一緒に見ていながら、やはり気づかなかったようだなあ。気づいたと思うたが」

「えっ」

　言われてお沙世は戸惑いの表情になった。

　忠吾郎はつづけた。

「あやつの来た方向と去った方向を見たろう。やつは街道を江戸にながれて来たんじゃねえ」

「あっ、そういえば」

　お沙世はやっと気づいたようだ。

　忠吾郎の言葉はつづいた。

「それに、やつの身ごしらえはいかにも喰いつめ者のようだったが、髷《まげ》はわざと崩し、面《つら》も手も足も汚してはいたが、ありゃあ垢《あか》で汚れたんじゃねえ。土を塗っただけの、にわか汚れだ。それに、さすがはわが商舗《みせ》の番頭さんだ。正之助の対処もうまいもんだったぞ。番頭さん、話してやりなされ」

「はい。あの男、次之平などと名乗りましたが、私は訊いていたでしょう」

「なにを」

正之助はお沙世の問いに応えた。

「行くあてはあるかどうかです。やっこさん、あると応えました。つまり、寄子宿に入れると、かえって困りなさる。だからいくらかの金子でお引き取りを願ったのです」

「なぁんでえ、倒れ者かい」

仁左は解した。浮浪者のようすを扮《こしら》え、商家の前で息もたえだえに倒れこみ、あるいは死んだふりをする。

「商家のほうはまん前でそんなことをされたのでは困ります。だからといって手荒なことをすれば、商舗の評判に瑕《きず》がつきます。だからいくらかの金子を包み、早々のお引き取りを願ったのです」

それが倒れ者である。うまくいけば集まった野次馬の憐れみも買い、いくらかのお恵みも出る。

相州屋の前に倒れこんだ次之平とやらは、かなり芸達者なようだ。野次馬たちの喜捨《きしゃ》も集めていたのだ。

仁左は真剣な表情になり、

「で、騙《かた》りはそやつだけでしたかい。ほかにつるんでいるような仲間は？　それに次之平と申しやしたか、そやつはここを相州屋と知って仕掛けて来やがったのですかい」

重大な問いである。もし、ここを狙って仕掛けたのなら、誰かが相州屋に探りを入れようとしていることもあり得るのだ。

忠吾郎は仁左の問いを解し、

「わからねえ。そやつが品川方向へ去るのをしばらく見ていたが、つるんでいたと思われる者《の》は現われなんだ」

「あ、旦那。街道を凝《じ》っと見てらっしゃったの、それだったのですか」

バツの悪そうな顔になったお沙世が、ようやく喙《くち》を容《い》れる機会を得た。

「そのとおりだ」

「そういえばあのとき、深編笠のお侍さんもいらっしゃいました」

「その侍《さむれえ》が係《かか》り合《お》うておらんか、確かめておったのだ」

忠吾郎が返し、お沙世は話のながれに乗ることができ、ようやくバツの悪さから解放された。

正之助が座を締めくくるように言った。

「たぶん次之平さんとやら、相州屋《うち》を人宿と知って仕掛けて来たのではないと思います。倒れ者の騙りが寄子宿を世話されたのじゃ、野次馬からおひねりがいただけなくなりますから」

「それもそうね。人宿と知ってたら、倒れこまないよねえ」

「その騙り、どこでもよかったんだ」

「そういうことになるなあ」

おクマとおトラも話に乗る機会を得て、忠吾郎はうまく受けた。

閉めていた障子が、不意に明るさを失った。日の入りだ。

「あ、いけない。お店の縁台、かたづけなくっちゃ」

お沙世が急ぐように腰を上げ、

「あたしらもね」

「暗くならないうちに」

おクマとおトラがつづき、仁左が最後になった。

忠吾郎が見送るように縁側まで出て、

「待ちねえ」

呼びとめた。

「なんでやしょう」

「実はなあ」

縁先に降り立った仁左と、縁側にしゃがみこんだ忠吾郎の、二人だけのやりとりになった。

「さっきもお沙世が言っていた深編笠の侍なあ……」

と、となりの縁台に座っていた武家主従のようすと、

「どうも尋常《じんじょう》とは思えねえ。倒れ者とほんとうに係り合いがねえのかどうかも、はっきりとしねえ」

印象を語った。

「主従ともに面《つら》を見せねえ？　みょうでございやすが、たまたまそうなっただけじゃございませんかい」

と、このときはそれで終わった。

あとは急速に暗さが増していった。

三

夜明けとともに、裏庭の井戸に釣瓶《つるべ》の音が立ち、水音に、

「ひーっ、冷たいっ」

声が聞こえる。

おクマとおトラである。

そこへ仁左も手拭《てぬぐい》を肩に、桶《おけ》を小脇に出て来る。

朝のいつもの光景だが、去年の暮れといってもほんの先月だが、寄子宿の長屋にはお仙とお絹と宇平、さらに狐の立て札騒動のあった鎌田村《かまだむら》からも三人ばかり寄子になった者がおり、朝の井戸端は大いににぎわった。若いお仙とお絹がいては、華《はな》やかでもあった。

井戸水を汲《く》み、顔にばしゃりとあてた仁左に、

「どうだね。お仙さんとお絹さん、恋しくないかね」

「二人ともお武家の出で、きりりと締まったきれいな人たちだったからねえ。仁さん、旦那に言って、どちらか一人でも呼び戻してもらいなよ」

おクマとおトラが言ったのへ仁左は、

「ああ、そうしてもらおうかねえ」

返していた。

寄子宿に華やかさが消え、寂しがっているのはおクマとおトラのほうだ。二人にはある楽しみがあった。お仙とお絹、宇平は別格だったが、喰いつめ者などで相州屋の寄子宿に入る者がいたら、二人は張りきり、

「――江戸暮らしは、思っているほど楽じゃないよ」

「――世の中を決して甘くみるんじゃないよ」

など切々と諭《さと》し、江戸暮らしの指南《しなん》をし、寄子宿での暮らしにも面倒をみながら慣れさせていた。それがけっこう効果があり、忠吾郎もこの二人の婆さんを重宝がっているのだ。

朝の一段落が終わると、きょうも三人は仕事に出る。

おクマとおトラは、

「きょうは田町の一丁目のほうをまわろうかねえ」

「そうだねえ。きのうは八丁目や九丁目のほうをまわったから」

話していた。

田町の町並みは北から南へ、一丁目から九丁目まであって街道に沿っており、北の一丁目の先は金杉橋《かなすぎばし》で越えれば増上寺《ぞうじょうじ》の前を経て日本橋に至る。南は九丁目の高輪《たかなわ》大木戸を抜ければ袖ケ浦《そでがうら》の海浜に沿い、その先が品川宿となる。

仁左はきょうは赤坂のほうへ遠出する算段で、田町四丁目の札ノ辻で街道から分岐している往還に入るため、寄子宿の路地を出るとそこでおクマたちと別れることになる。

それぞれ身支度をととのえ、路地から街道に出た。

向かいの茶店はすでに開けており、お沙世が迎える。若い娘の声が、仁左にはもちろんおクマとおトラにも、一日の元気づけになる。

朝の早い大八車や荷馬の人足《にんそく》たち、それに江戸府内から旅に出ようとする旅装束の者などがちょいと縁台に座り、茶でのどをうるおして行く。いまも大八車の荷運び人足が、夜明けとともに品川あたりを発ったか、二人ばかり縁台に腰かけ茶を飲んでいる。

「これからですね」

「ああ、俺はあっちの道をな」

「そお、頑張って」

仁左はお沙世の声を背に、札ノ辻で分岐している往還に、羅宇竹の音とともに入った。羅宇屋はいずれもおなじで、背中に縦長の木箱を背負っている。抽斗《ひきだし》が幾つもついており、それぞれに脂取りの布のほかに煙管の雁首や吸い口が入っていて、上蓋《うわぶた》には孔《あな》がいっぱいあり、そこに羅宇竹を挿しこんでいる。それぞれのすげ替えもすれば煙管の新調もする。

その上蓋の羅宇竹が歩調に合わせてカシャカシャと鳴り、町で触売《ふれうり》の声を上げなくても、住人たちにはこの音で羅宇屋が来たことがわかる。

「あら、おクマさんとおトラさんは？」

「金杉橋の近くまで行くから、なにか言付けがあれば伝えておくよ」

おクマが応えた。金杉橋のたもとに浜久《はまきゅう》という小料理屋があり、そこがお沙世の実家である。祖父母の久蔵とおウメが隠居してからは、兄夫婦の久吉《ひさきち》とお甲《こう》が経営《きりもり》している。

「ううん、いまはなにも。気をつけて」

お沙世に見送られ、街道をゆっくり北へ歩を取る婆さん二人を、大八車が土ぼこりと車輪の音を立てながら追い越して行った。

まだ三が日のうち、睦月《むつき》（一月）三日である。


年末年始でいつもより蠟燭や付木を費消《ひしょう》した家が多かったか、きょうもおクマとおトラはけっこう商いができ、早めに引き揚げることにした。二人はいつもつるんでおり、入った家々で互いの御用聞きをし、単独でまわるよりも効率のいい仕事をしている。

二人が田町三丁目まで帰って来たときだった。四丁目の札ノ辻はすでに視界の内である。陽は西の空にまだそれほど低くなっていない。

街道に騒ぎがあり、人だかりができていた。きのうのこともある。

「えっ、こんどは三丁目で倒れ者？」

「騙《かた》りだって言ってやらなきゃ」

二人は年寄りなりに急ぎ足になった。およそ田町は一丁目から九丁目まで、蠟燭の流れ買いと付木売りではおクマとおトラの縄張であり、ほとんどのお店《たな》や家々と顔見知りである。

急いだものの、人だかりの雰囲気がどうも憐れみを請《こ》う者を囲んでいるようすではない。なんと怒声や罵声までが聞こえる。

二人は人囲いに、

「ご免やっしゃ」

「はい、ご免なさんして」

太めのおクマが肩をこじ入れ、そのうしろに細めのおトラがつづき、前面へすり抜けるように顔を出した。

「えぇぇ！」

「なに、これ！」

丸顔と面長の二人は思わず声を上げた。

生若《なまわか》い男が数人に殴られ、地に這《は》っている。

「この野郎！　ふざけやがって」

「正月早々、太《ふて》えガキだっ」

「痛《いて》っ、うぐっ」

また蹴られたようだ。おクマとおトラには、きのうお沙世から聞いた倒れ者の先入観がある。それをいくらなんでも殴る蹴る……非道《ひど》い。

「ちょいと待っておくれよ」

「非道いじゃないか。こんなにしちゃあ」

おクマとおトラは男たちを止めに入った。

「なんでえ、相州屋のろうそくと付木の婆さんじゃねえか」

「危《あぶ》ねえから下がっていねえ」

殴ったり蹴ったりしている男たちはいずれも顔見知りであり、男や女の野次馬も見知った面々である。

太めのおクマが、

「なにもここまでしなくても」

「そうよ、可哀相じゃないか」

細めのおトラが男の肩を引き起こした。

「ううう、くそーっ」

男というより、まだあどけなさを残した若い衆は、地に尻もちをついた状態でうめいている。

「まあまあ、こんなになって」

おトラはしゃがみこみ、肩や背の土を手で払ってやった。

ふと気がついた。髷《まげ》の乱れも顔や手足の土も、きのう忠吾郎が言っていたつくりものではない。髷というより土まみれの髪《かみ》はざんばらで、着物は一応ととのっているが手足や顔は確かに垢と土まみれで、にわか仕立てではない。

派手に蹴っていた太めの男が言った。

「婆さん、同情はいらねえぜ。こやつ、ガキのくせしやがってたらふく喰い、その揚句《あげく》に外へ飛び出し、逃げようとしやがった」

見ると太った男は、おクマとおトラがいつも顔を出している、田町三丁目の一膳飯屋のおやじだった。

「えぇえ。だったら、喰い逃げ？」

「そりゃあいけないけど、なにもこんなにしなくても」

おクマとおトラには二重の驚きだったが、成り行きからか、

「これで、もう許しておやりよ」

「そうそう。忠吾郎旦那に頼んで相州屋《うち》の寄子宿に入れ、じっくり諭《さと》してもらうからさあ。お代も旦那になんとか頼んでみるからさあ」

喰い逃げ男に代わって、一膳飯屋のおやじと周囲の者へも頼むように言った。

「いいんじゃねえのかい、相州屋が引き取ってくれるんなら」

「そうよ。忠吾郎旦那なら、町の者も安心だし」

野次馬のなかから声が出た。いずれもおクマとおトラをよく知っている、近所の住人だった。

一膳飯屋のおやじも、

「まあ、相州屋の旦那が引き取ってくれるんなら」

と、懲《こ》らしめを終えるように、音を立てて手を払った。

地面にあぐらを組んだかたちになっていた喰い逃げ男がいきなり、

「へん、これで終わりかい。物足りねえぜ。奉行所でも自身番でも、どこへでもつき出せってんだ」

声変りをしたばかりのような、おとなでもない子供でもない、小生意気な男の声だった。

これには周囲もおクマおトラも驚いたが、案の定、一膳飯屋のおやじが、

「なにぃ！」

「痛《いて》っ」

思いきり背を蹴り、生若《なまわか》い男はまた声を上げた。

「さあ、おクマさん、おトラさん。早う相州屋さんに引き立てたら」

さきほどの女の声がまた言った。

「さあ、立ってついて来なされ」

「さあ」

おクマとおトラが若い男を両脇から抱えこむように引き起こし、野次馬のなかから屈強そうな男が手伝い、

「とっとと失《う》せろ」

背中をどんとついた。

それがはずみになってそやつは両脇をおクマとおトラにつかまれ、歩を進め出した。見守るように近所の者が二、三人ついて来る。

野次馬は散ったが、異様な光景である。

「あんた、歳は？」

「名は？」

両脇からおクマとおトラが歩を進めながら問うと、

「いっぺんに訊くねえ。市太《いちた》ってんだ。十五だがそれがどうしたい」

「そお、十五かえ。いいねえ、若《わこ》うて」

「市太だね、名は」

「そうだが、どこへ連れて行こうってんでえ」

悪態をつきながらも逃げようとしないのは、狂言ではなく本物の行くあてもない喰いつめ者のようだ。

「みょうなところならご免だぜ」

市太なる生若い男はなおも喚《わめ》く。おクマとおトラもいささかもてあまし、これで距離があれば途中であきれて放り出すところだが、田町三丁目からは四丁目の札ノ辻はすぐ目の前だ。

「あらら、おクマさんとおトラさん。どうしたんですか。その人は？」

茶店から下駄の音を立て、お沙世が走り出て来た。

おクマが、

「市太さんていうの。そこでちょいと拾ってさあ」

「忠吾郎旦那にお願いしようと思って」

おトラがつづけ、お沙世は事態を察した。喰いつめ者を拾って寄子宿へ入れ、喰う道を見つけてやるのが、いつものというより本来の相州屋なのだ。それによって近辺からも信頼を得ているのだ。

「あら、そうなの。ちょうどいい。いま部屋、いっぱい空いていることだし。さあ、あんた。こっちだよ」

お沙世は案内するように三人の前に立ち、寄子宿への路地に向かった。市太もおクマやおトラではなく、若くてきれいな姉さんから言われると、しおらしくついて行った。

忠吾郎は裏庭の縁側で、

「ほう、十五で市太というか。で、在所はどこだ。いままでいずれでなにをしておった」

と、おクマとおトラ、それにお沙世からも頼まれ、市太に問いをかぶせた。忠吾郎は縁側にあぐらを組み、おクマとおトラはその横に腰かけ、お沙世と市太が縁先に立っている。

おクマとおトラは不安だった。案の定、市太は生若い声で吐《は》いた。

「在所なんざ、どこだっていいだろう。なにをしてたかだと？　俺の勝手でえ。なんだか知らねえが、そこの婆さん二人が来いって言うから、ついて来てやっただけでえ」

おクマとおトラは戸惑ったが、忠吾郎は言った。

「そうか。しばらくここでゆっくりしていけ」

この場に小僧と女中を呼び、からだを洗う盥《たらい》の湯と、当面の着替えを用意してやるように言った。

（育った環境のせいだろう。人の恵みの受け方を知らぬだけ）

忠吾郎は解したのだ。

仁左が羅宇竹の音とともに帰って来たのは、陽が落ちいくらか暗くなってからだった。寄子宿の路地へ入ろうとしたときお沙世に呼びとめられ、おクマとおトラが町で、はねっ返りを拾って来たことを聞かされた。

長屋は、仁左のとなりの部屋に入れたようだ。

さっそくおクマとおトラが待っていたように言った。

「仁さんの弟子にして、羅宇屋の商いでも仕込んでやっておくれよ」

などと言う。

仁左はまだ市太に会っていない。市太も盥の湯につかり、着替えをしてから部屋に籠《こ》もったままで出て来ない。すでに暗くなっていたとはいえ、新参者にしては小生意気で礼儀知らずである。

「まあ、考えておこうかい」

と、このとき仁左は適当に応えただけだった。

四

翌朝、ようやく三が日が明けた、睦月（一月）四日の日の出である。

仁左は井戸端から聞こえる水音と、

「さあさあ、なにやってんだい」

「ひーっ、冷てえ」

「冷たい？　あんた、男だろが」

入り乱れている声に目を覚ました。おクマとおトラの声に、生若い中途半端な声は、

（市太とかいう、はねっ返りかい）

思いながら起き出し、手拭を肩にかけ、桶を小脇に、

「おーっ、寒い。俺も仲間に入《へえ》るぜ」

と、朝の井戸端の一員に加わった。きょうから四人である。

「ほう、これかい。きのう入ったってえ若《わけ》えのは」

仁左は言ったが、市太は知らぬ顔で横を向いたままである。頭はまだざんばら

だが垢や土は洗い落とし着替えもしている。なるほど十五、六の若造で、目が細く唇も薄いひねくれ顔で、どう見ても若者らしい溌剌《はつらつ》さがない。

(こやつ、恵まれねえ環境に育ちやがったな)

忠吾郎とおなじ見立てをした。

「さあさあ、なにをぼーっと立ってんだい。挨拶しないかね」

「痛《いて》っ」

おクマが市太の尻を桶で叩き、おトラも、

「そう、これからおまえさんが世話になるお人だから」

催促し、ようやく市太は仁左に向かい、ぴょこりとざんばら髪の頭を下げた。

さっそくおクマとおトラの、新参者への指南が始まったようだ。

このようすを忠吾郎は、居間の障子のすき間からそっと見てうなずいていた。

この日はおクマとおトラ、それに仁左も、市太の件などもあって商いに出るのがいつもより遅くなった。路地を出たときは、すっかり陽は昇り、街道の往来も昼間のものとなっていた。

相州屋では新参者に、数日は町内の商家で薪割《まきわ》りや荷運びを手伝わせ、ようす

を見ることにしているが、

「――ともかく三丁目の一膳飯屋に連れて行き、詫《わ》びを入れ皿洗いや薪割りで償《つぐな》いをさせてからだ」

と、忠吾郎は言っていた。

きょうも仁左が街道に出たところで、おクマ、おトラと別れようとしたときだった。お沙世も羅宇竹の音を聞き、おもてに出て来ていた。

すぐ近くでまた騒ぎが起こった。街道が二股《ふたまた》に分かれている所、まさしく札ノ辻である。

髪は手入れのいらない百日髷《ひゃくにちまげ》で、筋目のないくたびれた袴《はかま》に、寒さをしのぐだけといったような色あせた羽織を着こんだ一見浪人者とわかる侍が、これも一見喰いつめ者のような男に向かい、抜き身の大刀を振り上げているのである。

倒れ者騒ぎのあったのが相州屋の前で、いま騒ぎが起こっているのは相州屋から歩いて十数歩の、まったく目と鼻の先である。

野次馬が集まりかけている。大八車を停めた人足もおれば、いままさに相州屋の前を走っている者もいる。

騒ぎはすぐそこである。お沙世も見送りどころではない。人の動きのあいまに刀を振り上げている浪人が見える。

「おた、お助けを！」

喰いつめ者であろう、叫ぶような声まで聞こえる。

「なんなんだ、ありゃあ！」

言うなり仁左は騒ぎのほうへ激しく羅宇竹の音を立て、お沙世も裾《すそ》をからませて走り、おクマとおトラがよたよたとつづいた。

すでに人囲いができている。

「おう、すまねえ。この近くの者だ」

仁左は肩と肩のあいだに割りこみ、お沙世が背の道具箱につかまるようにつづいた。

前面に出た。

「おおお」

仁左はまた声を上げた。

浪人はなおも刀を振り上げ、喰いつめ者らしい男が地に這《は》いつくばり、

「い、いのちばかりは！」

憐れなほどに両手を合わせ、哀願している。

「ええい、許さん！　そこへなおれっ」

居丈高《いたけだか》の浪人に、野次馬から声が飛ぶ。

「ご浪人さん、どうしたというのだ。あんなに謝っているのを」

「そうよそうよ、いったいなにがあったのよっ」

浪人は刀を振り上げたまま、野次馬たちの声に応じた。

「それがしは武州《ぶしゅう》浪人、名は石川四郎五郎《いしかわしろうごろう》と申す。こやつはかつて、わが屋敷に仕えていた中間《ちゅうげん》だ。ある日、先祖代々の香炉《こうろ》を盗んで行方をくらましおった。それがきっかけでわが家名は断絶の憂き目に遭い、いまはこのとおり、浪々の身となり果てた。きょうこの近くでたまたま見かけた。よってこの者をこの場で成敗いたすっ」

「お許しを、お許しを。四郎五郎さまっ」

喰いつめ者はただただ地に這いつくばり、許しを請うばかりである。いかような香炉かはわからないが、浪人の言っていることに偽《いつわ》りはなさそうだ。

また野次馬のなかから声が飛ぶ。

「どんな由緒の香炉か知りやせんが、見つかればいいんじゃねえですかい」

もっともな話である。野次馬はざわつき、

「そうだ、そのとおりだぜ」

声が飛び、

「ううううっ」

浪人はうめき、刀の切っ先を喰いつめ者の鼻先に突きつけた。

「香炉を返せば許さぬでもない。さあ、申せ。どこへやった」

「ひーっ」

喰いつめ者は悲鳴を上げ、のけぞるように尻もちをつき、なおも鼻先に刀の切っ先を受けたまま、

「じゅ、十年もめえのことでごぜえやす。売り払って……」

「さもありなんか。いくらで誰に売った」

もっともな問いである。

「し、知らねえお人で。十両でっ」

「なにぃ、そんな安値でかっ」

浪人は言う。だが十両といえば、腕のいい職人の半年ぶんの稼ぎに相当する。

香炉はかなり価値あるものだったようだ。

「許せん！」

浪人はまた刀を振り上げた。

「おー、お助けを！　お許しをっ」

喰いつめ者はひざまずき、ふたたび両手を合わせて哀願する。

仁左は道具箱を背負ったまま、とめに入ろうとした。

お沙世が仁左の袖を引き、低い声で言った。

「待って。さっきからみょうだと思っていました。あの喰いつめ者、おととい、相州屋の前で倒れ者をやったやつです」

「なに」

仁左は応じ、踏込もうとした足をとめ、

「どういうことだ」

「わたしにも、わかりません」

二人が戸惑っているところへ、ほかにも気づく者がいたか、

「おっ、おめえ。おととい、すぐそこで行き倒れた野郎じゃねえか。名は、ほれなんとかといった」

「あっ、そういえば。たしか次之平さん」

思い出したか、応えたのは干物屋のおかみさんだった。

野次馬たちはざわついた。まわりも気づいたようだ。

次之平は顔を上げ、言った。

「へえ、そのとおりでやす」

開きなおったのではない。

「へえ、十年めえ、つい出来心だったんでやす。香炉をふところに石川家を飛び出し、あとは逃げるのに転々とし、香炉も金に換え、いまじゃこのとおりで。正月を機に、このあたりの街道で鉢開《はちひら》きでもさせてもらって、なんとか生きようと……お近くをうろついていたのでごぜえやす。土地《ところ》のお人らもお許しを。助けてくだせえ。死にたくねえ、死にたくねえ」

浪人だけでなく、周囲にも這いつくばり哀願する。その切羽詰まったようすは、おととい以上に野次馬というか、見物人の憐れを誘った。

そこへ一人の男が出て来た。

「ご浪人さん、石川さまとおっしゃいやしたか。こんなに謝っているんじゃねえですかい。言っちゃあなんでやすが、ご浪人さんも生活《たつき》にお困りのようす。どうでやしょう。十両は無理でやすが、この場で幾許《いくばく》かの金を集め、香炉代とさせていただき、それで次之平とか申す、こやつの命と引き替えということにしていただけやせんか。正月早々、町中《まちなか》で血を見たかありやせんからねえ」

理路整然としている。言った男は、袷《あわせ》の着物に角帯をきちりと締め、羽織を着っけ髷もととのっている。伝法《でんぽう》なもの言いと押し出しのある風貌から、いずれ名のある町衆のように思える。

男は言うと、ふところから巾着《きんちゃく》を取り出し、一分《いちぶ》金をつまんで石川四郎五郎なる浪人と周囲の野次馬たちに見せ、

「さあ、あっしはこれだけ出しやす。心あるかたがたへ、人ひとりの命を助けると思い、これにいくらかずつでも足してやってくださいやせんか」

一分といえば千文で、野菜や魚など天秤棒一本で町々を売り歩く棒手振《ぼてふり》の数日分の稼ぎに匹敵し、四分で一両になる。町場の子供の一日の小遣いがおよそ一日四文で、お沙世の茶店のお茶が一杯三文ということからみても、その場でさらりと出すには相当な額といえる。

「おぉー」

案の定、周囲から声が上がる。人ひとりの命を救うのだ。

「俺も出すぜ」

「あたしも」

と、男も女も、お店者《たなもの》も職人風も、つぎつぎと一分金や一朱金《いっしゅ》が男の差し出した手の平の上に積まれた。もちろん一文銭や四文銭《しもん》も多い。

浪人は戸惑ったようすで、刀の切っ先を次之平の鼻先からはずし、だらりと下げて成り行きを見守っている。

「へえ、ありがとうございやす、ありがとうございやす」

と、男は喜捨《きしゃ》をしてくれた人々へ慇懃《いんぎん》に礼を述べている。

「仁左さん、どうします」

お沙世がまた仁左の袖を引いた。

仁左とお沙世のすぐうしろに、おクマとおトラも来ていた。人と人のすき間から中をのぞきこんでいる。おクマとおトラもおととい、忠吾郎から倒れ者の怪しい話を聞いている。その次之平なる者がまた出て来た。芝居ではないかと勘ぐるのも無理はない。二人は仁左とお沙世をかき分けるように、一歩前へ踏込もうとした。

「待ちねえ」

と、両手でその二人の襟首《えりくび》をつかんだ者がいた。忠吾郎だ。横に市太も一緒に来ていた。

「あ、旦那」

「あら」

と、仁左とお沙世は同時に声を上げ、おクマとおトラも、

(放っておいていいんですか)

と、お沙世とおなじ思いか、忠吾郎を睨んだ。

忠吾郎は言った。

「黙って見ておれ」

仁左は無言でうなずいた。忠吾郎とおなじ思いのようだ。

男はなおも周囲へ慇懃に接している。

「春から人の命を救えるとは」

「そうそう」

と、喜捨をよろこぶ声も出る。

男の手には、小粒や銭がこぼれ落ちそうになっている。

「へい、どうでやしょう。十両にはとうてい足りねえと思いやすが、この町のお人らの気持ちでございやす」

二両か三両にはなっていようか、有無を言わせぬようすで石川四郎五郎なる浪

人のふところに押しこみ、

「さあ、ご浪人さん」

「うーむむ」

浪人は野次馬というより、札ノ辻界隈の住人の視線を一身に受け、困惑したようなうめきを洩らし、

「わ、わかった。おまえたちの心情に免じ、この場は許してつかわす」

言うと押しこまれた小粒や銭を落とさないように上から押さえ、街道を日本橋方向へ悠然と去った。

集まった住人たちからは安堵《あんど》の声が洩れ、次之平なる喰いつめ者は起き上がるなり、

「あり、ありがとうございやした。ありがとうございやした」

頭を幾度も下げながら、札ノ辻で分岐している往還を赤坂方面へ逃げるように走り去った。嗤《わら》う者はいない。いたとすればそれは、命をつないだことへの笑みであろう。

喜捨の労を取った男は、

「それじゃ、あっしはこれで。札ノ辻のお人ら、皆さんいいお方ばかりだ」

言うとこれまた悠然と、街道を品川方向に歩み去った。

集まった衆は新春になにやらいいことをしたような、また見たような思いになったか、いずれも満足げな表情で散りはじめた。

忠吾郎も、

「さあ、帰るぞ」

と、お沙世と市太をうながし、このまま仕事に出るはずだった仁左とおクマ、おトラも、つられるようにつづいた。

忠吾郎と仁左をのぞき、お沙世とおクマ、おトラも、釈然としない表情になっている。

五

裏庭に面した居間に、野次馬に加わっていた面々が顔をそろえた。仁左は縁側に道具箱を置き、お沙世は路地に入るとき、

「お爺ちゃん、お婆ちゃん、ちょっとご免。またお向かいさんに」

茶店に声を入れていた。祖父母の久蔵とおウメは、孫娘が相州屋に係り合うの

を、いつもあきらめたように見守っている。それがお沙世の生きがいのようになっているのだ。ときには仁左たちと、命を賭《か》けるような危ない橋を渡ることもあるが、久蔵もおウメもそこまでは気づいていない。

「ああ、行っておいで」

声はおウメだった。おもてに出している縁台に駕籠《かご》昇《か》き人足が二人腰かけ、茶を出したところだった。

お沙世は相州屋の居間に端座するなり、ひとこと言いたそうにひと膝まえにすり出た。

横に仁左があぐらを組んでいる。そのまた横に市太が一人前に座を取ろうとあぐらを組んだ。おクマがその膝をぴしゃりと叩き、

「おまえさんはまだ早いよ。それにあぐらなど」

「さあ、そっちだよ」

おトラも言い、一同のうしろのほうを手で示した。二人とも強い口調だった。

そのようすに忠吾郎はうなずき、仁左もお沙世も軽いうなずきを見せた。

「わ、わかってるよ」

市太はふてぶてしく言いながら膝で部屋の隅へ移動し、窮屈そうに端座の姿勢

をとった。そんな座り方は慣れていないようだ。

お沙世は言った。

「旦那、お気づきだったんじゃありませんか」

詰《なじ》る口調だった。おクマとおトラも同調する表情になっている。

つづけた。

「おととい の男ですよ、あれは。次之平とかいった、騙《かた》りの倒れ者」

お沙世はおととい、縁台から忠吾郎と一緒に見ていたのだ。

「あの浪人者と、金集めにしゃしゃり出た男、おとといは見かけなかったけど、きっと次之平とかの仲間ですよ」

「えっ、そうだったの」

「そう、そういうことだったんだ」

おクマとおトラが、いまあらためて気づいたように声をそろえた。

「そのとおりだせ、おクマさん、おトラさん。俺もなあ、お沙世さんに耳打ちされてからわかったのさ。なんともあの三人、うまくつるんでやがったなあ」

仁左が言ったのへお沙世はまた、

「うまくつるんでたじゃありませんよ。あの三人組に札ノ辻のお人らが、金銭をまんまと巻き上げられたのですよ。いいんですか、放っておいて。いまからでも捕まえに行けば間に合います」

「あっはっは」

いきなり忠吾郎は笑い出した。

お沙世はおもしろかろうはずがない。

「旦那！　いまからすぐ追いかけてくださいっ。わたしも行きます！」

「あはは、お沙世さん。向こうさんは三方に散ったのだぜ。どれを追いかけようってのだい。それだけ向こうさんは用意周到だってことさ」

仁左がたしなめるように言うと、

「そういうことだ、さすがにわしも二度目はお代を払う気にはなれんかったが、ともかくやつらめ、仁左どんが言ったように用意周到で、しかも一幕目も三人仕掛けの二幕目も、実にいい演技だった。ひょっとすると、やつらの頭《かしら》は石川四郎五郎などというふざけた名の浪人ではなく、一番演技の難しい汚れ役の次之平かもしれねえ。わざと三下《さんした》のような名をつけてよう」

忠吾郎の言葉におクマが問いを入れた。

「四郎五郎さんや次之平さんが騙《かた》り名《な》だってのは想像できるけど、一幕目、二幕目ってのはなんだね」

おトラもお沙世も訊きたそうな顔になっている。

忠吾郎は応えた。一幕目も二幕目も間近で見たのだ。

「わからんか。おとといは次之平の倒れ者芝居だった。あれで町衆の憐れみを集めおったわい。それが第一幕だ」

「二幕は？」

と、お沙世。

「きょうだ」

と、忠吾郎。

「憐れな倒れ者だった次之平が、こんどは首を打たれそうになってふたたび登場する。憐れさはおとといの比じゃねえ。なにしろ命がかかってらあ。石川五右衛門《いしかわごえもん》じゃねえ、四郎五郎の大刀があわや打ち下ろされようとしたところへ、いなせな留め男が入《へえ》ってご喜捨とくりゃあ、町衆はこいつぁ春から縁起がいいやと、まあ集まったのは二、三両にはなっていたかなあ。まったく真に迫った、いい演技だったぜ」

「まあ、そこまで手の込んだことを」

お沙世は感心するような表情になった。

部屋の隅に端座していた市太が不意にすり出て、

「そういう稼ぎ方もあったんですかい。おもしれえ」

忠吾郎も仁左、お沙世も無視したが、

「なにがおもしろいだい」

「おとなしくしていな」

おクマとおトラがまたたしなめ、

「へえ」

と、市太はすり出た分、またもぞもぞとあとずさりした。おクマとおトラが相手では、なかなか純なところもあるようだ。

三人のやりとりはつづいている。お沙世に忠吾郎が言った。

「おまえはどう見る。おとといの一幕目のときだ。縁台から次之平の芝居を凝《じ》っと見ていた侍《さむれえ》がいたろう」

「はい、いました、いました。深編笠をかぶった、得体の知れない……」

「そう、お供の中間も合わせ、面《つら》を見せねえ主従だった。わしはその二人が、さっきの二幕目の浪人と留め男かと思うたが……」

「そう言われれば、そうですねえ。お侍さんも、お中間さんも、あ、そうそう。お中間さん、ほんの二日前なのに、わたし、お顔をまったく覚えていない。笠は平べったい一文字だったのに」

「そこまで見ていて面を覚えていねえってのは、見なかったからだ。いや、向こうが見せなかったからだ」

「どういうこと？」

「ともかくだ、おまえもおとといの主従と、きょうの浪人に留め男は別物と見なしたのだな」

「見なすだなんて、おなじだとはまったく考えもしませんでした。背格好が似ていたなら気づきもしましょうが、別人ですよ。深編笠のお武家と浪人さんも、お中間さんと留め男も。あ、旦那、つるんでいるかどうか確かめるため、おととい街道を凝《じ》っと見てらしたんですか」

「そのとおりだ。おまえのきょうの見た目も合わせれば、やはり別物とみていいだろう。いずれにせよ、あやつら正月にはふさわしくねえ出し物で、この札ノ辻をにぎわせてくれたものだ」

「まったくで」

仁左が返したところで、

「さあ、早《はよ》う」

と、居間に正之助が市太を呼びに来た。このあと市太は正之助に連れられ三丁目の一膳飯屋に行き、数日皿洗いをすることになっている。

お沙世は茶店に戻り、おクマとおトラは、

「きょうは三田《みた》の寺町をまわるよ」

「そう、近場でねえ」

と、ふたたび路地を出た。

それらを見送るように忠吾郎は縁側まで出ていた。仁左はあらためて道具箱を背負いながら、言ったものだった。

「旦那、中間を連れていたとかいうおとといの武士を、ずいぶん気にしておいでのようでやすねえ」

「気にしているわけじゃねえが、となり合わせに座っていながら、主従ともども面がまったくわからなかったってのが、ちょいと気味悪うてなあ」

「あっしもそやつらを見てみてえもんで」

言いながら仁左は縁側から腰を上げ、路地に向かった。

すでに陽は東の空にすっかり高くなっていた。

六

さきほど騒ぎのあった辻から分岐しているほうの往還に入れば、その南側一帯が三田の寺町で、おトラが言ったように近場である。名のとおり寺ばかりでこの一角に入れば往還は土塀がつづき、武家地とはまた違った雰囲気がある。両脇の土塀の内側から樹々《きぎ》の枝が伸びて空をさえぎり、昼なお明るさのないところが随所にある。

寺であれば、おクマとおトラにとってはすべてが上得意先であり、二人はこの一帯なら路地のすみずみまで知り尽くしている。

この日は商いに出るのが遅れたこともあり、寺町の中ほどまで進み、引き返すかたちで一つひとつまわり、そのまま札ノ辻に戻るという道順をとった。

年末年始ということもあって、二人とも入った寺々でけっこうな商いになり、

「ここが最後になるねえ」

と、その寺を過ぎれば町場というところまで戻って来た。

その寺は西蓮寺《さいれんじ》といった。片方の土塀はとなりの大松寺《だいしょうじ》に接しているが、もう一方の土塀の向こうは三田四丁目の町場で、向かいが会津《あいづ》藩松平《まつだいら》家二十三万石の下屋敷という、閑静と重厚さと庶民の息吹が交差する一角である。

山門の近くに、内側の庫裡《くり》と直結した勝手門がある。

「あしたは最初に会津さまに来ようかねえ」

「お武家はまだ正月行事がつづいているから、小正月まで待とうよ」

などと話しながら西蓮寺の山門の前にさしかかったとき、中から挟箱持の中間を一人随《したが》えた武士が出て来た。

勝手門はすぐその先だが、二人ともハッと足を止めた。武士は深編笠をかぶり袴の股立ちを取り、打飼袋を背に結んだ旅装束である。中間は一文字笠でうつむき加減になり、顔はうかがえない。おとといもきょうの午前も、相州屋の居間で忠吾郎とお沙世が話題にした、茶店の縁台に腰かけて茶を飲んで行った武家主従の組合せとおなじではないか。

おクマとおトラがすこし気を利かせれば、この主従のあとを尾《つ》けたかもしれない。だが、町場のうわさ話を聞いてそれを寄子宿で話題にするだけのおクマとおトラに、それを期待するのは無理だ。忠吾郎も仁左も二人にそこまでは期待しておらず、求めもしない。婆さん二人が自然体でさりげなく話す町場のうわさが、忠吾郎や仁左にとってきわめて重要なことがよくあるのだ。

このとき、忠吾郎かお沙世が居合わせたなら、ハッとするどころか武家主従への疑念を一挙に高まらせ、尾けるなり西蓮寺の寺僧に主従が来た用件を聞き出しただろう。その主従こそ忠吾郎とお沙世が話題にした、武士と中間そのものだったのだ。顔は見えなくても、背格好でそれと判《わか》る。おとといその場に居合わせなかった仁左が見ても、

（これは⁉）

と、疑念を募らせ、あとを尾けたかもしれない。

旅装束の主従がお沙世の茶店でひと休みし、次之平の倒れ者騒ぎを目のあたりにし、品川方向へ去ったのはおとといである。それがきょう、おなじ旅姿で三田寺町の西蓮寺から出て来た。旅の途中で引き返したのだろうか？　疑念はそこである。

武家主従は山門を出ると、行商の婆さんなど意に介することなく、さっさと立ち去った。おクマとおトラは首をかしげながらも深く考えることなく、歩を勝手門に進めようと山門の前にさしかかった。

すると山門の中から、

「あれえ、おクマさんとおトラさんじゃないか」

不意に声をかけられた。

寺男《てらおとこ》の庄助《しょうすけ》だった。

五年ほど前、庄助は一月《ひとつき》ばかり相州屋の寄子だった。正真正銘の行き倒れを、町の者が相州屋に担ぎこんだのだ。年《とし》行《ゆ》きがおクマとおトラに近く、人柄も穏やかで三人は気が合った。

相州屋が庄助を口入れしたのが、西蓮寺の寺男の口だった。庄助の西蓮寺での働きぶりは実直で、寺僧たちからはむろん、墓守《はかもり》として檀家からの評判もよかった。

おクマとおトラも助かった。西蓮寺の勝手門を叩けば庄助が出て来てかならず仕事にありつけ、近辺の寺々の寺男仲間にも口をきいてくれて、ずいぶんと商いにまわりやすくなったのだ。

庄助がおりよく山門に出ていたのは、来客であった武家主従を見送るためだった。主従はいずれの角を曲がったか、もう見えなくなっている。

「あれれ、庄助さん。いま訪ねようと思ってたのさ」

「そうなのよ。ちょうどよかった」

おクマとおトラは応え、勝手門にまわることなく、そのまま山門から境内《けいだい》に入った。もちろん仕事にもなった。おクマは書院や本堂にまで上がって、直接蠟燭の蠟を削ぎ落とし、燭台の掃除までする。付木を売ったおトラがそれを手伝う。小坊主や寺男たちも大助かりである。

帰りしな、おトラが思い出したように庄助に訊いた。

「来たとき、山門からお供を連れた深編笠のお侍が出て行ったけど、お向かいの会津さまのご家中でもなさそうだし、檀家のお人かね」

「いいや、きょう初めて見る顔じゃった。それでもお住《じゅう》はたいそうよろこばれ、帰りにわしが呼ばれて山門までお見送りしたのじゃ」

庄助は応え、おトラはさらに訊いた。

「初めてのお客で、お住《じゅっ》さまがよろこばれたなんて、葬式じゃなくてなにかおめでたい話でも持って来なさったのかね」

「それは知らねえ。庫裡に上がって話を聞いてたわけじゃないから」

もっともな話である。寺男は寺の下働きで、庫裡で来客に接したりするはずがない。

「さあ、帰ろうよ」

太めのおクマが催促し、二人は庄助に見送られ勝手門を出た。陽が西の空にかたむきはじめていた。


実際に、深編笠の武士を迎えた西蓮寺の住持は上機嫌だった。

きょうまだ陽が高いころだった。山門を入り庫裡に訪《おとな》いを入れた武士は、玄関で笠を取ったが、庄助の言ったとおり西蓮寺の者は住持をはじめ誰も知らない顔だった。お伴も連れているのでそれなりの武士だろうと思い、住持は書院で応対した。お伴の中間は慇懃《いんぎん》に庫裡の玄関で片膝をつき、あるじの出て来るのを待っていた。厳格な武家の作法にかなっている。その姿は庄助も庭から見ているが、一文字笠を着けうつむいたままだったので、顔は見ていない。帰りに庄助が山門まで見送ったときもそうだった。

書院に通された武士は住持と対座するから、当然顔はさらしている。髷《まげ》もとのい挙措《きよそ》も武家そのもので、なんら怪しむところはない。年行きなら三十路《みそじ》あたりに思えた。

その武士は名を小郡《おごおり》順之助《じゆんのすけ》と名乗ったが、いずれの藩で役職はなにかまでは

話さず、ただ、

「――それがし今般、江戸勤番となり、国おもてより一家を挙げ江戸へ出て参るところ、品川宿にて老母がにわかに病となり、いま旅籠《はたご》の世話になり寝かしてござる。よってそれがしのみ先行し入府したしだい。まだ江戸での檀那寺《だんなでら》も決まっておらず、聞けばこちらがわが家とおなじ宗旨にて、とりあえずまかり越したまで。老母を藩邸に呼び、落ち着きしだいあらためて挨拶に伺う所存」

と、当面の布施《ふせ》として十両の包みを差し出した。

住持は驚いた。

同時に、

（――これはいい檀家ができそうだ）

と、よろこんだのはいうまでもない。江戸に着いたばかりであれば、旅装束であるのもうなずける。

それに住持と歓談することもなく、

「――それがし、入府したばかりなれば、まず藩邸に顔を出さねばならず、きょうはこれにてご免つかまつる」

と、名のみで詳しい素性も話さないまま腰を上げたのもうなずける。住持にすれば十両もの布施をした相手である。いずれ親しく歓談する日もあろうと、庫裡の玄関まで出て見送った。

武士は玄関で一文字笠の中間が差し出す深編笠をかぶり、庫裡を出た。そこに庄助が呼ばれたのだが、住持の機嫌がよかったはずである。

おクマとおトラは短い時間でじゅうぶんな商いができ、ホクホク顔で帰途についた。札ノ辻はすぐそこである。

庄助が知っているのは、住持の機嫌がよかったことだけであり、小郡順之助なる名は、近いうちに檀家になる家として住持から聞くことになるだろうが、いまはまだその経緯も知らない。当然、おクマとおトラにも伝わっていない。おクマとおトラが知っているのは、西蓮寺から深編笠の武士とお供の中間が出て来るのを見たことと、庄助が語った住持の機嫌がよかったことだけである。

おクマもおトラも、蠟燭の蠟を削ぎ落とすのに本堂まで上がっているが、だからといって住持と話をするわけでもない。お勤めのじゃまにならないように、そっと仕事をすませているのだ。

二人の歩は札ノ辻に入った。四日となれば街道はすっかり通常に戻っており、往来人の足も大八車も荷馬も仕事は陽のあるうちにと慌ただしく動き、全体がほこりっぽくなっている。茶店の縁台は暇《ひま》で、座っているのは、鉄の長煙管をくゆらせながら、喰いつめ者がながれて来ないかと街道に視線を向けている忠吾郎だけだった。となりの三丁目で喰い逃げをしようとした市太の例もある。きょうから一膳飯屋で、皿洗いをしているはずである。

「あらら、おクマさんとおトラさん。きょうは早いのですねえ」

ようやく陽がかたむいた時分である。お沙世が空の盆を小脇に声をかけた。

二人が茶店のほうへ目をやると、縁台に忠吾郎が座って鉄の長煙管をくゆらせている。

「あらあ、旦那。ここでしたか」

「市太の坊や、三丁目の飯屋さんでしっかり皿洗い、やってますか」

おクマとおトラは路地ではなく、縁台のほうへ歩み寄り、

「お茶でも飲んで行きなさいよ」

お沙世に勧められ、忠吾郎と向き合うように、となりの縁台に腰かけた。

話題はやはり、

「きょう西蓮寺に行き、庄助さんに会いましたよ」

おクマが言えば忠吾郎も懐かしそうに、

「ほう、元気にやっておったか」

「はい、お寺の評判もいいようで。あたしらも助かってますよ」

おトラが応え、お沙世も庄助の顔は知っており、

「ここでもいいうわさ、ときどき聞きますよ」

と、話に乗って来る。

おクマとおトラは、深編笠の武家主従を強く脳裡に刻みこんだわけではない。話はもっぱら庄助のことで、深編笠が話題になることはなかった。

もし二人が深編笠を話題にし、背格好まで話していたなら、忠吾郎とお沙世は顔を見合わせ、すぐさま番頭の正之助を西蓮寺に遣《や》って詳しい話を聞き出していただろう。

二日前に札ノ辻で茶を飲み、品川方向へ去った武家主従が、〝それがし、入府したばかりなれば〟と、おなじ旅装束で現われ、十両もの布施をおいて行ったのだ。忠吾郎は首をかしげ、みずから詳しいようすを訊きに西蓮寺へ出向いたかもしれない。

「で、旦那。市太の坊や、三丁目の飯屋さんからまだ帰って来ませんか」

おトラが問いを入れ、話題はそのほうへ移った。

お沙世が応えた。

「あそこ、陽が落ちてからもしばらく暖簾を出しているから、帰りは暗くなってからだと思いますよ」

「そのまま夜逃げなどしなきゃいいのだけど」

おトラが真剣な表情で言ったのへ、お沙世も、

「そういえばあの市太さん、けさがたの三人組の大道芝居を見たあと居間で、そんな稼ぎ方もあったのかって、興味を持ったようなことを言っていましたねえ。おもしろいなどとも」

「そう、それが気になるのさ」

おトラがいっそう真剣な顔で言った。

「うむ」

忠吾郎もうなずき、

「陽が落ちたころ、ちょいとのぞいてみるか」

言ったところへ、

――カシャカシャ

羅宇竹の音が聞こえた。

「どうしなすったい、こんなところにみんなそろって」

と、仁左も縁台に腰を下ろした。

「いえね、市太さんのことをみんなで心配していたの」

と、仁左にお沙世は応え、そのまま話は市太のつづきになった。

「なあに、野郎にそんな大道芸みてえな器用な真似などできるもんですかい。夜逃げ？　あはは、ちゃんと戻って来まさあね」

仁左は言った。

やはり仁左が話に加わってからも、あの深編笠の武家主従が話題になることはなかった。

忠吾郎も仁左もお沙世も、おとといの得体の知れない武士と中間が、すぐ近くの西蓮寺に〝江戸勤番となり〟などと言って現われたことを、少なくともここ数日、知らないまま過ぎそうな雲行きとなり、この日は終わった。

二　引廻《ひきまわ》し

一

二日から四日にかけ、札ノ辻は騒動の連続でとんだ年明けとなったが、

「なあに、獅子舞やいろんな万歳《まんざい》の代わりに、やつらが正月の出し物を札ノ辻で演じてくれたと、それでいいんじゃねえかい」

五日の朝、仕事に出るとき茶店の前で仁左が言ったのへお沙世が、

「それでいいって、騙《かた》りですよ、あれは。他人《ひと》には話していないけど」

と、憤慨していた。

さっき、番頭の正之助が相州屋の玄関前で、市太を三丁目の一膳飯屋に送り出したばかりである。きのうは直接一膳飯屋まで正之助が連れて行き、きょうは玄

関前で見送るだけだった。

茶店の前で、仁左とお沙世の立ち話である。これから仕事とあっては、縁台にゆっくり腰かけることもない。立ち話のまま、

「市太め、おクマさんとおトラさんが、しっかりなどと励ましていたが、つづくかなあ、一膳飯屋の皿洗い」

と、仁左は話題を変え、三丁目のほうへ視線をながした。

きのうは暗くなってからだったが、忠吾郎がようすを見に行くまでもなく、一人で寄子宿に帰って来た。

仁左はおクマとおトラに言ったものだった。

「――寄《よ》る辺《べ》のない者が、そう安易に夜逃げなどするもんかい。したとしても行きつく先はどうせ、ほれ、喰い逃げ程度ならまだいいが」

これにはおクマもおトラも、強く反駁《はんばく》できなかった。

「――親切にしてやれば、そのうち……」

「――そう、気長にね」

と、言うのが精一杯だった。おクマとおトラは成り行きとはいえ、市太を相州屋につれて来たことに責任を感じているようだ。

けさも井戸端で市太は、

「——冷《つめ》てえなあ。湯はねえのかい、湯は」

などと、生若《なまわか》い新参者の分際で言っていたのだ。

仁左はあきれたように、桶で市太の頭をポカリと叩いたものだった。

反抗的な目を仁左に向けたあと市太は顔もろくに洗わず、ぷいと長屋に戻ってしまった。仁左はおクマとおトラにそっと言った。

「——やつの来《こ》し方《かた》さ、それとなく聞いておいてくれ」

気になるのだ。

おクマとおトラは返した。

「——おんなじこと、忠吾郎旦那からも言われたよ」

「——旦那もやっぱり、心配しなさっているようで」

街道でたまたま出くわした騒ぎの成り行きとはいえ、おクマとおトラはとんだお荷物を拾って来たのかもしれない。

きょうは一人で三丁目の一膳飯屋に向かったが、その方向に視線をながした仁左にお沙世は言った。

「大丈夫ですよう。さっき、罪の償《つぐな》いはきのう一日で終わり、きょうからは日切《ひぎ》りのお給金が出るって嬉しそうに言ってたから」

「そうかい。まあ、他人《ひと》さまに迷惑さえかけなきゃな」

仁左は返し、きょうも赤坂方面に向かった。音を立てるその背に、

「ひどいっ」

お沙世は投げかけた。ひねくれ者の市太も、お沙世にはしおらしいようだ。心優しいお姉さんと感じ取っているのかもしれない。ほんとうは芯の強い女なのだが……。

仁左はそのお沙世の声を背に受けたとき、

（市太の来し方、おクマさんやおトラさんじゃなく、お沙世さんに聞き出してもらったほうがいいかな）

ちらと思い、そのまま歩を進めた。

おクマとおトラはさきほど市太と一緒に路地を出て、きのうのつづきで三田の寺町に向かった。西蓮寺はすでにまわったから、きょうは山門の前を素通りすることだろう。庄助と会うこともなく、深編笠の武家主従の話を聞くこともないだろう。おクマとおトラの脳裡からも、それはもう消えていた。

二人はきょうも効率のよい商いができたか、疲れを見せているものの満足そう

な表情で札ノ辻に帰って来たのは、日の入りにはまだいくらか間のある時分だった。きょう一日の終りを迎え、街道の動きがそろそろ慌ただしくなりはじめている。

お沙世に声をかけられるよりもさきにおクマが、

「ちょいと、ちょいと、お沙世ちゃん。聞いた？」

言いながら茶店の縁台に歩み寄った。

「ちょっと待ってよ」

と、おトラも急ぎ足でつづいた。

二人はきょうのお寺まわりで、なにやら茶店の話題になりそうなことを仕込んで来たようだ。

「あらら、きょうもご苦労さん。ちょっと待ってね。すぐお茶、淹れますから」

「それよりも、ちょいとお沙世ちゃん」

耳寄りな話を聞きこんだときの心情か、おクマはひと呼吸でも早く話したいようだ。だが、おクマが縁台に腰を下ろしながら言ったとき、お沙世はもう空の盆を小脇に奥へ入っていた。

「お沙世ちゃん、きっとお客さんから聞いて知ってるよ」

おトラも言いながら縁台に腰を下ろした。

奥のかまどで、湯は常に沸いている。

盆に二人分の湯飲みを載せて出て来たお沙世が、

「聞こえていましたよ。お寺まわりで、どなたかのお葬式でもあったのですか」

言いながら湯飲みを縁台に置くと、おトラが待っていたように、

「そうなんだよ、それも五、六人、いっぺんに」

「えぇぇ！」

と、これにはお沙世も驚いた。湯飲みを縁台に置いたばかりでよかった。まだだったら縁台に茶をこぼすところだった。

「だめじゃないか、そんな言い方じゃ。お沙世ちゃんだって驚くよ」

おトラが言い、

「磔刑《はりつけ》なんだよ、鈴《すず》ケ《が》森《もり》で」

「えっ、いつ？　そんなの、通らなかったけど。それに、まだお正月の五日じゃないですか」

お沙世は空の盆を持ったまま、二人の顔を交互に見た。

品川鈴ケ森の仕置場《しおきば》で処刑があれば、内神田《うちかんだ》は小伝馬町《こでんまちょう》の牢屋敷を出た罪人護

送の一行は、札ノ辻を通って東海道を品川に向かう。沿道に見物人がつらなり、お沙世の茶店などは格好の桟敷席《さじきせき》になる。だがお沙世は初耳だし、そんな一行が通ったのに気づかないはずがない。

それに三が日は明けたといっても、まだ五日である。こんな時節に血を見る仕置などあろうはずがない。

「詳しく話して！」

お沙世のほうから催促した。

おクマとおトラがいずれかのお寺で聞いた仕置は、睦月（一月）十日で、これから五日後のことらしい。

去年といっても先月なかば、相州屋の面々が鎌田村代官所の一件で奔走していたころ、夜烏《よがらす》一味などと異名《いみょう》をとった盗賊の一味が捕縛され、年の瀬の大きな話題になった。うわさでは数人がその場で斬り殺され、捕えられたのは五、六人で、お白洲《しらす》で死罪の裁許《さいきょ》があってその執行がこの十日にあるというのだ。

「なあんだ、まだだったんだ」

お沙世は言ったものの、驚きには違いない。このとき、お沙世の脳裡からも深編笠の武家主従は消えていた。

屋に戻った。

ひとしきり縁台で盗賊の仕置を話題にしたあと、おクマとおトラは寄子宿の長屋に戻った。

仁左が帰って来たのは、そのすぐあとだった。

陽が沈もうとしている。

「あ、仁左さん。ちょいと」

寄子宿の路地に入ろうとしたところ、お沙世は呼びとめた。

話は一つしかない。

「えっ、この十日に鈴ケ森で！」

と、仁左も初耳だった。牢屋敷での斬首はさほど巷間《こうかん》の話題にはならないが、仕置場での磔刑《はりつけ》となれば話は別だ。

江戸での処刑は、罪人の出自《しゅつじ》が西国であれば品川の鈴ケ森、東国《とうごく》なら千住《せんじゅ》の小《こ》塚原《づかっぱら》と一応の定めがある。夜鳥一味は、江戸より西の生まれの者が多かったのだろう。

鈴ケ森や小塚原となれば公開である。しかも牢屋敷から仕置場までの護送は、市中引廻《ひきまわ》し同然となる。その途中に、田町四丁目の札ノ辻は位置しているのだ。

さっそく路地に入ると、裏庭の縁側におクマとおトラが座りこみ、忠吾郎に十日の仕置を話していた。忠吾郎も初耳で驚いていていた。

そこに仁左も加わった。

陽が落ち、暗くなった時分に市太は一膳飯屋から帰って来る。仁左の脳裡にはある算段が浮かんでいた。

市太が帰って来ると、市太の部屋におクマとおトラが押しかけ、

「ちょいとちょいと、いい見物《みもの》があるよ。道端での騙《かた》り芝居なんかじゃなく、本物の成敗だよ」

「見物《けんぶつ》も一興だぜ」

と、そこに仁左も顔を出した。

油皿の淡い灯芯一本の灯りのなかで市太は、夜鳥一味の名を聞き、顔は蒼ざめ身を小刻みに震わせはじめた。

「そんなに恐がることないよ」

「そうさ、おまえさんが獄門《ごくもん》になるんじゃないんだから」

おクマとおトラが言ったのへ、

「こ、恐くなんかじゃねえやい」

市太はまた強がりを吐いた。

獄門とはさらし首のことである。仕置場の獄門台に三日間さらされ、そこにも見物人が集まる。

二

翌朝、仁左は井戸端で市太を観察した。

相変わらずおクマとおトラが尻を叩いている。

仁左も声をかけた。

「おめえ、きょうは眠そうじゃねえか。どうした」

実際、市太は明らかに睡眠不足といったようすで、目をしばたかせていた。

「い、いや。なんでもねえ、なんでも」

問われるのを極度に嫌がる反応に、おクマが、

「なんだい、その態度は」

と、叱った。

仁左は、

（はて？）

胸中に首をかしげた。昨夜、おクマとおトラが仕置や獄門の話をしたときの市太の反応は尋常ではなかった。さらにきょうの寝不足である。

（こやつ、生若《なまわけ》えくせに、獄門と聞いただけで身につまされるようなことをしでかしたのか）

思ったものである。ならば、おクマやおトラが訊いたところで、またお沙世が質《ただ》したところで、なにも話さないだろう。

（まあ、そのうちゆっくりと）

仁左は思い、それ以上はなにも言わなかった。

この日、街道にも十日の仕置のうわさはながれはじめていた。仁左も町場でそれを耳にした。話す者も聞く者も、年明け間もないこの時節での仕置に、

「なんでまた」

と、いちように驚きの声を上げていた。その異常さは、数日を経ずして江戸中に知れわたることだろう。

仕事から帰って来たとき、

「あした午過《ひるす》ぎだ、つき合え。金杉橋だ。染谷《そめや》も来る」

「へえ」

と、仁左は忠吾郎に言われ、承知のうなずきを返した。

忠吾郎が仁左に〝金杉橋だ〟と言えば、あとは聞かなくともわかる。

場所はお沙世の実家の小料理屋浜久《はまきゅう》である。金杉橋あたりが田町の札ノ辻と呉服橋《ごふくばし》御門の北町奉行所とのなかほどとなり、会う相手は北町奉行の榊原主計頭《さかきばらかずえのかみ》忠之《ただゆき》である。忠吾郎の実兄である。

一緒に来るという染谷なる者は結之助《ゆいのすけ》といって、北町奉行所の隠密廻り同心で忠之の右腕であり、染谷が忠之に随《したが》っているとき、忠吾郎に随うのは仁左が最もふさわしい。

きょう昼間のうちに忠吾郎は忠之とつなぎを取ったのだろう。まだ正月のうるさい行事がつづくなか、つなぎがあった翌日には時間を割くなど、忠之がいかに忠吾郎との膝詰《ひざづめ》を重く見ているかがわかる。


翌七日、仁左は股引に腰切半纏を三尺帯で決めた職人姿で仕事に出かけ、忠吾郎との約束があるので午過《ひるす》ぎには帰って来た。

羅宇屋は声がかかった民家や商家の裏庭に入り、縁側に羅宇竹をならべて店開きをし、いい紋様のものはないかと羅宇竹の物色に出て来たあるじや番頭と、煙管の脂取りをしながら世間話などをする。こうしたときの話術も、商いには大事なことである。家の裏手の縁側に腰を据え、じっくりと話しこむのだから、通りすがりの立ち話では聞けないようなうわさ話を、きわめて自然なかたちで耳にすることもある。だから羅宇屋は公儀隠密かいずれかの密偵ではないのか、などとささやかれたこともある。

この日も仁左は赤坂方面に出向いたのだが、東海道から離れた一帯でもうわさは伝わっており、夜鳥一味の仕置に溜飲を下げても、

「――なんで正月早々に」

「――十日といやあ、まだ松の内だぜ」

と、驚きの話題になっていた。

(お奉行に会えば、その理由が聞けるぞ)

と、そこに仁左は期待を持った。

きょう七日は、仕置の三日前である。

札ノ辻に戻ると、

「さあ行くぞ」

と、忠吾郎は身支度をととのえ待っていた。身支度といっても、鉄の長煙管を

腰に差すだけで、仁左は職人姿のまま背の道具箱を下ろすだけである。

相州屋の玄関を二人そろって出ると、

「あらあ、金杉橋ですか」

向かいの茶店からお沙世が声をかける。

お沙世は忠吾郎と仁左が一緒に出かけると、行く先は金杉橋の浜久であることも、そこで誰と会うかも解している。忠吾郎のもとの名が榊原忠次《ただつぐ》で、お奉行さまの榊原忠之の弟であることもうすうす知っている。それらは周囲には伏せてあるのだが、

「ああ、そうだ。言付けがあれば伝えておこうか」

と、お沙世には隠さない。隠してもはじまらない。浜久ではお沙世の義姉のお甲《こう》が女将《おかみ》として迎えるのだ。ただお沙世は、

(わざわざ他人《ひと》に話すことではない)

と、心得ている。

番頭の正之助も同様で、気づいてはいても質《ただ》したりはしない。忠吾郎の押し出しのよさと人脈が、人宿稼業にことのほか役立っているのだ。

周囲の者が知っているのは、忠吾郎がかつてやくざ者で東海道をはじめ股旅《またたび》暮

らしをし、小田原《おだわら》では一家を張っていたらしいということだけである。これらは紛れもない事実で、忠吾郎は札ノ辻でもときおり当時の話をし、ときには小田原時代の子分が寄子宿の長屋にわらじを脱ぐこともあるのだ。

「いえ、べつに。仁左さんもお気をつけて」

お沙世は軽く手を振って見送った。

仁左については、お沙世も周囲と同様、

(風変りな羅宇屋さん)

と、思ってはいるが、詮索《せんさく》したことはない。

忠吾郎も知らないのだ。だが予測はついており、確信も持っている。ただ仁左の存在が忠吾郎にとってはきわめて重宝で、それだからこそ問い詰めたりはしないのだ。

重宝なのは、忠吾郎が煙草好きで仁左が羅宇屋だからといった便利さだけではない。実兄の忠之に頼まれ、影走りをするときになくてはならない右腕となるのだ。ちなみに愛用の長煙管は、仁左が忠吾郎に頼まれ、武器にもなるように特注であつらえたものであり、手入れも仁左がしている。

忠吾郎が浜久で忠之と会うのは、いつも昼八ツ（およそ午後二時）と決まっている。この時分ならいずれの飲食の店も昼の書き入れ時を終えており、自然なかたちで部屋を取りやすいからだ。

街道に歩を進めながら、仁左は訊いた。

「きょうはまた、なんの用ですかい」

街道には人の往来に大八車の車輪が響き、駕籠《かご》舁《か》きのかけ声、下駄の音などが途切れることがない。こみいった話はともかく、ちらと内密の話などするのにはかえって都合がよい。

「まあ、横で黙って聞いておけ。おめえにも関心があるはずだ。ふふふ」

「さようですかい」

忠吾郎は応《こた》え、意味ありげに含み笑いを返しただけで、仁左もおよその見当をつけながらあとは黙し、足だけを進めた。

二人は昼八ツ時分に浜久に着いた。

三

玄関の暖簾をくぐるなり、お沙世の義姉で女将のお甲が、

「あーら、お連れさまはもう部屋でお待ちですよ。といっても、さっきお見えになったばかりですけど。さあ、どうぞ」

と、廊下を案内した。忠吾郎と忠之が来たときは、仲居に任せずかならずお甲が出迎える。

部屋も決まっている。廊下を進んだ一番奥の部屋で、手前の一室を空き部屋にし、廊下に面したふすまを開け放しておく。盗み聞きをされないために、お甲が気を利かせているのだ。膳を運ぶ仲居たちにも、必要以上に近寄らないように指示している。

相州屋の亭主と寄子の羅宇屋はよく来るが、相方がいつも深編笠をかぶり刀も落し差《おとざし》で一見裕福な浪人風であり、そのお供が脇差を帯びた町場の遊び人風というのは、みょうな組合せである。仲居たちは不思議そうな顔つきで興味を持ったものだが、お甲が、

「——お客さまのこと、詮索《せんさく》するものじゃありません」

と注意してからは、自然体で応対するようになっている。

浜久のそうした配慮は、四人にとってはありがたいことで、それだけ心置きなく話ができるというものである。

この日も、忠吾郎と仁左が部屋に入るなり忠之が、

「どうした、おまえのほうからつなぎがあるとは、なにか町場で面倒なことでも起こったのか」

「町場じゃねえ、そちらのことだ。ちょいと訊きてえことがありやして」

忠吾郎は言いながら腰を据えた。あぐらである。仁左もそれにつづいた。奉行の忠之も遊び人姿の染谷結之助もあぐら居である。隠密廻りといえど、奉行所にあっては差配《さはい》者とその配下である。奉行の前で同心があぐらを組むなど、およそ考えられない。それができるというより、そうしたほうが話しやすいのが、浜久での談合である。

仲居が膳を運んで来たが、据えるなり早々に退散した。部屋はそのまま話が進んだ。

忠吾郎が切り出したのは、仁左の思ったとおり三日後に迫った夜鳥一味の仕置

だった。

「ふふふ、世間じゃ話題になっておろう」

「そりゃあもう」

忠吾郎の問いに忠之は返し、仁左が応《こた》え染谷に視線を向けると、遊び人姿の染谷も口もとに含み笑いを浮かべていた。染谷も奉行所の一員として、遊び人姿で町場のようすを調べたのだろう。

「思惑どおりのようじゃ」

忠之は笑みを浮かべたまま言った。

阿部正精《あべまさきよ》、大久保忠真《おおくぼただざね》、水野忠成《みずのただあきら》の三人の老中に勘定奉行、大目付、若年寄、それに両町奉行の五手がかりの評定《ひょうじょう》で、去年のうちに決まっていたという。それも、年末の慌ただしいときだったらしい。

驕奢《きょうしゃ》を極度に戒《いまし》めた、世にいう寛政《かんせい》の改革は推進者であった松平定信《まつだいらさだのぶ》が失脚し、さらに八年前に隠居してから世はその反動か、定信が最も忌《い》み嫌《きら》った華美の風潮がふたたび世にはびこり、風紀の乱れは治安の乱れとなり、幕府は幾度となく倹約令を出した。だが、一度蔓延しはじめた風潮は、倹約令くらいで改まりはしない。

そこで柳営（幕府）の五手がかりで考えついたのが、新年早々の仕置である。松の内の刑執行に諸人《もろびと》は驚き、話題になるはずだ。実際にそうなっている。

忠之はつづけた。

「幕閣の方々は、それが世への戒《いまし》めになると考えられたのじゃ」

鈴ケ森も小塚原も、仕置場が街道に面しているのは、諸人への戒めの意味がある。これから江戸へ入ろうとする者への、見せしめでもあった。

「なるほど、それでまだ松の取れない十日ですかい」

忠吾郎は返し、仁左もうなずいた。

だが、それを聞くためにわざわざ忠之につなぎを取ったのではない。

「ところで、兄者《あにじゃ》」

忠吾郎は問いをつづけ、染谷にも視線を向けた。

「夜鳥一味を捕縛したとき、一網打尽だったのかい。それとも、幾人か取り逃がしたりしなかったかい」

仁左は忠吾郎に言われたとおり、横で黙って聞いている。だが内心は、

（やはり忠吾郎旦那も、俺とおなじことに気づいていなすったか）

思うと同時に、忠吾郎以上に忠之と染谷に視線を向け、その反応を待った。

忠之はいくらか戸惑ったように、

（おまえから話せ）

と、視線をちらと横に座している染谷に向けた。

夜鳥一味といえば、江戸府内で年に一度か二度、商家に押込み、ときには殺傷もともなって五百両、六百両もの大金を持ち去るという凶盗で、存在が確認されたのは三年ほど前である。〝夜鳥一味〟と異名を取っているのも、真夜中に人知れず忍びこみ、喰い散らかし、殺傷までするところから、かわら版がつけた名である。

これには両町奉行所も火付盗賊改《あらためがた》方も奔走し、北町奉行所が一味の動きを察知し、先月なかば内神田の呉服商に押込もうとしたところを捕縛したのだった。そのとき縄を打ったのは首魁《しゅかい》を含む五人だった。

江戸中は喝采《かっさい》したが、相州屋の裏庭に面した縁側で、

「――夜鳥一味たあ、わずか五人でやしょうかねえ」

「――取り逃がしたのがいるかもしれねえなあ」

と、仁左と忠吾郎は語り合ったものだった。

きょう二人が浜久に来る道すがら、〝黙って聞いておけ〟〝さようですかい〟

と、言葉すくなに交わしたのはそれだった。

（――奉行所め、取り逃がしたのが幾人かいるはず）

忠吾郎も仁左も思ったのだ。

「それはっ」

と、染谷がいくらか口ごもり、いで立ちにふさわしい伝法な口調で、

「なにぶん真夜中に張り込み、押入ったところを捕方《とりかた》が飛び出したもので、取りこぼしは幾人かいるかもしれねえ。捕縛した五人を締め上げたところ、遁走《とんずら》こきやがったのは三人とわかりやしてね」

やはり、取りこぼしていた。

忠之は言った。

「きょう、おまえから話があるというものだから、こっちも一味のうわさが街道にながれておらぬか訊こうと思うてな」

「聞きやせんぜ、そんなのは。逃げた者がいるってのも、いま初めて聞きやした次第で。実はきょう時間をとってもらったのは、こっちからそれを訊きてえと思ったからで。仁左どん、おめえなにか聞いているかい」

忠吾郎は応え、仁左に問いをふった。その口調は来る道すがら言った〝黙って

おれ〟との意思が込められていた。

仁左は解し、

「へえ、あっしも同様で。街道の話題はもっぱら十日の仕置でやして」

言ったものの、やはり訊かずにはいられなかった。

「で、その三人、年格好や人相は？」

（それくらいならよかろう）

と、忠吾郎は仁左に軽いうなずきを示した。

忠之はまた染谷に視線を向けた。

染谷はその視線を受け、

「一人は元鳶《とび》ですばしこい野郎でして、もう一人は役者上がりで、こいつはひとたび巷《ちまた》に逃げこみゃあ女にも化け、見つけ出すのはちょいと骨が折れまさあ。それにもう一人、こいつはガキみてえな使いっ走《ぱし》りで、まあ、名前《なめえ》は三人とも聞きやしたが、その場その場での名で百回聞いてもあてにゃなりやせん」

「人相は？」

と、仁左は膝を乗り出した。

染谷は、捕えた五人の供述として語った。おそらく賊どもはいい加減な供述をし、一人ひとりの話をつなぎ合わせるのに手間取ったことだろう。だが三人目の〝ガキみてえな使いっ走り〟については軽く見たか、五人ともおなじように、

「十五、六の若僧で、目が細く唇も細い、まったく目立たねえやつらしい。仲間内でもひねくれの臆病者で、押込みのときも外で見張りに立たせていただけだそうで。賊どもは、こやつがもうすこししっかりしていりゃあ五人もまとまって捕《つか》まらずにすんだものを、などと悔しがっていやした」

染谷も詮議に加わっていたのだ。

「おそらくそやつめ、見張りに立ったはいいが、恐くなって一人で逃げたのかもしれねえ。五人ともおなじことを言ってやした。その小僧っ子め、逃げのびた鳶くずれや役者くずれから命を狙われるかもしれねえとも」

話し終えた。

忠吾郎と仁左は思わず顔を見合わせた。

（……市太）

二人の脳裡に、ながれていた。

仁左は忠吾郎の言葉を守り、いま相州屋の寄子に市太なる生若い男のいることは話さなかった。

おそらく鳶くずれと役者くずれは、現場を逃れるなり棲家《すみか》には戻らず、いずれかに身を潜めていることだろう。もう一人の使い走りは、歳からみても盗賊稼業の日は浅いはずだ。恐ろしくなり、衝動的に見張りを捨て逃げ出したのは事実かもしれない。だとすれば鳶くずれと役者くずれが、腹いせにそやつの命を狙っても不思議はない。

忠吾郎と仁左が顔を見合わせたのを、忠之と染谷は怪訝《けげん》な表情で見て、こちらも顔を見合わせた。

この日も江戸城はまだ新年の行事を慌ただしく引きずっており、忠之は奉行所からそう長くお忍びで行方知れずになることはできなかった。

この日の話はそこまでで、

「すまんのう。宮仕えはなにかと忙しいもんでなあ」

と、忠之は染谷をうながし、腰を上げた。

女将のお甲が玄関まで見送り、忠之は往来に顔をさらさないように、深編笠をかぶってから暖簾を出た。いつものことで、来たときは玄関に入ってから笠をとっている。

忠吾郎と仁左は、いくらか間を置いてから街道に出た。

また道すがらの会話である。二人は札ノ辻に向け、歩をとっている。忠吾郎は前面に視線を向けたまま言った。

「どうだった」

「えっ、へえ。おもしろうござんした」

「おめえの見立てはどうだ」

「へえ、間違《まちげ》えねえようで」

市太のことである。

忠吾郎は返した。

「直接当人に質《ただ》すんじゃねえぞ。問い詰めたりすりゃあ野郎め、不意にいなくなっちまわあ。野郎のためにもよくねえ」

「おそらく。それで、しばらく面倒見なさるので？」

「そのつもりだ。三丁目の一膳飯屋にもいまのところ、しおらしく奉公しているようだ。おめえはもうしばらく、見立てに間違えねえかどうか、目を配っていてくれ」

「へえ、そのための算段がありやして。お仕置の日、一膳飯屋を半日、休ませておいてくだせえ。鈴ケ森に連れて行き、やつの反応をじっくり見させてもらいまさあ」

「わかった」

あとは二人とも黙々と歩を進めた。札ノ辻はもうすぐだった。

おなじころ、深編笠の侍に随うように半歩うしろに遊び人姿の男が歩を取り、言葉を交わしていた。

「染谷、意外だったと思わぬか」

「へえ、思いやした。どうやら、相州屋は知っているようで」

逃走した三人の行方についてである。染谷は奉行と二人のときでも、遊び人姿のときは遊び人のもの言いである。隠密廻りに徹しているのだ。

「儂《わし》もそうみた。近いうちに、相州屋をちょいとのぞいてみてくれ。もし忠次や仁左が係り合っているのなら、それなりの算段があってのことだろうから、あらためて膝詰《ひざづめ》しなきゃならぬ」

忠次とはむろん忠吾郎のことである。

「心得ておりやす。三日後には一味の引廻しが、相州屋の前を通りやす。そのとき、ちょいとのぞいてみやしょう」

「それもよかろう」

忠之は応えた。二人の足は京橋《きようばし》を越え、呉服橋に近づいていた。

四

二日ほど曇り空がつづき、ときおり小雨の降ることもあったが、道がぬかるむほどではなかった。

おクマとおトラ、それに仁左も仕事に出なかった。付木などは湿れば商品にならなくなり、仁左も道具箱には羅宇竹のほかに煙草も入っており、雨は禁物である。

市太はしおらしく一膳飯屋へ皿洗いの奉公に出ているが、仁左たちと言葉を交わすのは、朝の井戸端のときだけで、帰りは暗くなってからである。

それでも、ひところのふてぶてしい態度はかなりやわらいだようだ。おクマとおトラは言っていた。

「まあ、なんとかなりそうじゃないの」

「でもさ、行く末が心配なのかねえ。おどおどしたような感じに見えるよ」

そのとおりだった。ふてぶてしいのは弱さを隠すためであり、おどおどしているのは、命に危険を感じているからだろう。

そのようすを、仁左はそっと観察していた。

あした罪人護送の列が街道を通るという夜だった。正之助は三丁目の一膳飯屋に行き、市太のあした半日の暇を取った。市太の帰るのを待っていた仁左は、自分の部屋に呼びこみ、油皿の灯芯一本の灯りのなかで言った。

「あした、いいものを見せてやろう。品川までつき合え」

「えっ、まさか……」

市太の全身に瞬時、極度の緊張が走ったようだった。


朝が来た。

裏庭の井戸端である。

仁左が桶を手に、手拭を肩にかけ部屋を出ると、

「なにやってんだい。さっさとしないかい」

おトラが井戸の前で市太の背を叩くように押していた。

おクマも、

「おかしいよ、さっきから。ぐずぐずと」

叱るように言った。

「どうしたい」

仁左は声をかけたが、ようすを見るなり、

(やはり、怖がってやがるな)

すぐに解した。

市太の動きが、もたついているのではなく、ぎこちないのだ。手足がこわばっている。昨夜、灯芯一本の灯りのなかで見せた緊張を、まだ引きずっている。昨夜は眠れなかったようだ。

きのうおととい異なり、きょうは空に雲もない。

肌にいきなりあたたかさを感じ、地面に人影ができた。日の出だ。

「おっ、小伝馬町じゃそろそろだぜ。こっちはまだじゅうぶん時間があらあ。ゆっくりやりねえ」

「へ、へえ」

仁左に言われ、ようやく市太は釣瓶で水を汲みはじめた。

牢屋敷の朝は早い。とくに仕置のある日は、日の出に正面門が開くとすぐに護送の一行が出る。陣容は引廻しとほぼおなじである。

いつものことだが、このときすでに極悪人をひと目見ようと牢屋敷の前に見物人が集まっている。

正面門が開き、一行が出て来ると捕方が六尺棒で押し戻さねばならないほど押し寄せ、うしろ手に縛られ裸馬に乗せられている罪人に罵声を浴びせかけ、なかには石を投げつける者まで出る。

「こらーっ、よさんか!」

「下がれ、下がれいっ」

牢屋同心や奉行所の定町廻《じょうまちまわ》り同心らが、懸命にそれらを抑《おさ》えこもうとする。

そうして小伝馬町を出立《しゅったつ》した一行は、神田の大通りに出て日本橋に向かう。

往還の両脇には人が群れ、それが日本橋までつづく。

見物人のなかにも、お店者や職人、あるいは行商人に扮した役人が混じっている。染谷結之助ら隠密廻り同心である。投石する者や、罪人に怨《うら》みのある者が、刃物を手に飛び出したりするのを抑えこむためだけではない。

夜烏一味の供述から、三人が遁走したことが判っており、年格好もほぼ聞き出している。仕置場への護送は、事実上の引廻しとなる。道筋の見物人のなかに、別れを惜しもうと、それら三人が紛れこんでいないかを探るためである。

日本橋を過ぎれば、一行は東海道に入る。京橋、金杉橋を経て札ノ辻を通り、品川宿を抜け鈴ケ森に至る。ゆっくりと歩を踏むため、仕置場に着くのは午《ひる》ごろとなる。

陽はすっかり高くなり、一行はすでに金杉橋を越えていようか。

札ノ辻では、

「物盗りのくせして、人まで殺しやがって。面《つら》が見てみてえぜ」

「それを見るために、ここで待ってんじゃねえか」

と、お沙世の茶店の縁台はすでに満席である。暖簾の中の縁台にも幾人かの客が座っている。中で一行が来るのを待ち、おもてがざわつきはじめたら出てくるのだろう。

寄子宿のおクマ、おトラ、仁左らお茶代無料の客は、このようなときは遠慮して縁台に座ったりしない。寄子宿の路地を出たところに場を占め、両脇にもすでに往来人が足を止め、見物人になっている。市太も仁左のうしろに、身を隠すように立っていた。

「どうした。そこじゃよく見えねえだろ。前へ出ろやい。またとない見物《みもの》だぜ。

それとも品川へさきまわりするかい」

「い、いや。俺、ここだけで」

仁左がふり返って言ったのへ、市太は身の動きも言いようもこわばらせたまま応えた。けさの井戸端でのようすが、まだつづいている。

（おっ）

仁左は胸中に声を上げた。

向かいのお沙世の茶店である。脇に葦簀《よしず》をまるめて立てかけている。その陰に隠れるように立っている男……遊び人姿の染谷結之助だった。

（ふふふ、来てたかい）

胸中につぶやいた。

互いに向かい合わせである。仁左が気づかないはずのないことは、染谷にはわかっていよう。だが染谷は、素知らぬふりをしている。ということは、

（声をかけるな）

言っていることになる。ならば目的は、市太ではなさそうだ。染谷が張り込んでいるなら、岡っ引の玄八《げんぱち》もいつもどおり老けづくりでそば屋の屋台を担ぎ、近くに来ているのだろう。首を左右に向けたが、それらしい屋台は出ていなかっ

た。

さいわいおクマとおトラは、まだかまだかと幾度も伸びをしながら三丁目のほうに目をやり、向かいの染谷に気づいていないようだ。仁左のうしろにいる市太は、遊び人の染谷もそば屋の玄八も知らない。

三丁目の方向がざわつきはじめた。

午《ひる》にはまだ間がある時分である。

来た。お先払《さきばら》いの牢屋同心二人のうしろに、六尺棒を小脇にした捕方が四人。そのうしろに罪状を書きこんだ立札《たてふだ》を持った下男《しもおとこ》が一人、そこに手替《てが》わりが一人ついている。

立札には、

――夜鳥一味、押込みをくり返し家人まで殺傷したるは不届き。よってかかる五名の者、磔刑獄門に処す

と、墨書されている。

磔刑のあと首は落とされ、獄門台に三日間さらされ、死体の引取りも埋葬も許されない。

立札のうしろに抜き身の槍を持った素足の人足が二人、これにも手替りが一人

ずつついている。

　罪人はそのうしろである。五人一度にというのは珍しい。いずれも髷節《まげふし》を切ってざんばら髪となり、うしろ手に縛られ、裸馬の背に揺られている。安定が悪く腰を左右に動かしながら、前方を見つめる者、うつむいている者さまざまである。馬の轡《くつわ》取りにも手替りがついている。馬の両脇は突棒《つくぼう》や刺股《さすまた》を担いだ捕方たちが固め、馬一頭につき警備の同心が二人ずつ、打込み装束で固め、五頭のうしろにも同心が五、六人ついており、最後尾には槍持《やりもち》と挟箱持《はさみばこもち》を従えた検死の与力が二騎つづいている。

　このほか見物人のなかにも隠密廻り同心が混じっているのだろうが、見分けがつかない。見てわかれば隠密ではなくなる。染谷結之助もその一人だろう。一行とならぶように、またうしろについて来る野次馬もいるが、そのなかにも隠密廻りは混じっていることだろう。

　近づいた。

「人殺しーっ」

「盗っ人野郎っ」

　沿道から罵声が飛ぶ。さすがに石を投げる者はいなくなっている。石を投げた者はたちまち捕方に六尺棒で取り押さえられ、その場で罪人との係り合いの有無を詮議されるとあっては、石を拾うことさえ躊躇《ちゅうちょ》するだろう。

「寄るなーっ、寄るなーっ」

「道をあけろーっ」

お先払いの同心の声が聞こえ、立札が見え、槍の穂先も見えた。穂先は罪人の目の前である。罪人には恐怖そのものであり、生きた心地もしないのではないか。沿道の人の群れは、数刻後には獄門台の首になる男たちの、生身の面を見ようと集まっていることになる。

お先払いの歩はすでに札ノ辻に入っている。あと数歩でお沙世の茶店の前にかかる。

「おい。そこじゃよう見えんだろ。前へ出ろ」

「い、いや。俺、ここで」

仁左が背後にいる市太の袖をつかみ、前に引っ張った。市太は拒んだ。仁左は強引に引っ張りはしなかったが、つかんだ袖は放さなかった。放せばこの場から逃げ出しそうに感じられたのだ。

(こやつ、街道には出て来たが、やはり裸馬のお仲間と目が合うのを怖れていや

がるな)

仁左は確信した。

(ん？　どうした)

ほんのわずか、向かいから目を放したすきに、茶店に動きがあったようだ。職人姿の二人が茶店に入ったのだ。その背が見えた。おかしい。出て来るのならわかる。いま、わざわざ中に入るのは解《げ》せない。

警護の同心が三人、茶店の縁台に近寄った。手甲脚絆《てっこうきゃはん》を着け、たすき掛けに鉢巻を締めた打込み装束である。見物人には警護の延長のように見えたろうが、仁左には、

(茶店の前を固めたか)

思えた。

葦簀《よしず》の陰にいた染谷の姿が見えない。裏手にまわったのかもしれない。背後を固めるために……。

騒ぎが起こった。お沙世の茶店の中である。同心たちがいきなり飛びこんだのだ。湯飲みの壊れる音、男の怒声、女の悲鳴が重なった。数人の男女の客が飛び出して来た。同時に護送についていた同心二人が捕方四、五人を引き連れ、茶店

に駈けつけた。

罪人護送の一行の足は止まり、沿道の衆の目は茶店に注がれた。暖簾から顔を出していただけの忠吾郎も、

「ん？　どうした」

と、往還に出た。

さすがに忠吾郎で、向かいの茶店だけでなく、歩を止めた罪人護送の一行にも目を向けた。隊列を崩すことなく粛然と歩を止め、捕方も同心たちもその場で身構え、差配の与力が一騎、先頭に出ていた。

（ふむ。あらかじめ決めていた動きだな）

解した。

仁左も同感だった。

「あれれれ」

「お沙世ちゃん、大丈夫かしら」

おクマとおトラが慌てるなか、仁左も身構えた。

助っ人に飛び出すまでもなかった。

茶店の中から男が二人、早くも縄つきになって引きずり出されて来た。男二人

はわめいている。

「な、なんなんでえ。これは！」

「ここで茶を飲んでいただけだぜ！」

「文句は番屋で聞こう」

縄尻を取っている同心の一人が、わめく二人の首筋を十手《じって》で強く打ち、もう一人が捕方たちに、

「引き立ていっ」

「おーう」

捕方たちは二人の縄つきを引き連れ、罪人護送の一行の横をすり抜け、うしろのほうへ向かった。さきほど飛びこんだ同心と捕方たちである。

馬上の縄つきたちは、地上を引き立てられる二人を凝《じ》っと見ていた。自身番は三丁目と四丁目の境の枝道にあり、腰高障子には〝田町三丁目　自身番〟と墨書され、四丁目の自身番も兼ねている。

（そうか。さすがは北町奉行所だ）

仁左は秘かに感心した。

商舗の前で、忠吾郎も得心したようにうなずいていた。

茶店の暖簾からお沙世が出て来た。

おクマとおトラがすかさず、

「お沙世ちゃん、大丈夫だった⁉」

「いったい、なにがどうなったの⁉」

叫びながらよたよたと駈け寄り、

「びっくりしたあ、突然だったもの」

お沙世はホッとしたように胸をなで下ろし、

「あ、お店の中、かたづけなきゃあ」

と、すぐ暖簾の中に戻った。

「しゅったーつ」

先頭に出ていた騎乗の与力の声が聞こえた。

一行はなにごともなかったように粛々と動きはじめ、号令をかけた与力はもとの後方に戻った。

一行は、さきほどの陣容のまま、粛々と茶店の前を通り過ぎた。突然の捕物に沿道の見物人たちはなおも驚愕しているのか、

「いまのはいったい？」

「二人、引っ立てられて行ったようだが」

と、その方に関心を向け、裸馬の五人に浴びせる怒声も罵声も、しばらく聞かれなかった。

おクマとおトラは茶店の中で、ひっくり返った縁台や壊れた茶碗などのあとかたづけを手伝っているようだ。

五

このあと仁左は、市太を連れて脇道を抜け、一行の先まわりをして鈴ケ森に行き、磔刑から獄門までを見物する算段だった。悪党の末路を見せ、恐怖心とともにまっとうな道を歩ませてやろうとの思いからである。

鈴ケ森も小塚原も、仕置場が街道沿いに設けられているのは、それが目的だった。街道に沿って竹矢来《たけやらい》が組まれ、仕置のある日などは江戸府内からも見物人が押し寄せ、人垣がつらなる。三日間の獄門首も街道に向けられており、これにもまた見物人が多く、さすがに夕刻からは人通りが絶える。知らずに江戸入りし獄門首に出くわし、ただただ仰天し宿場まで走り出す者もいる。

「おい、市太」

仁左はふり返った。

「ん？」

いない。茶店から二人の男が引き出されたときには、袖をつかんだ手は放していたものの、確かにいたはずなのだ。

「どこへ行った」

仁左は急いで路地を寄子宿の長屋に駈け戻った。

市太の部屋の腰高障子が、半分開いたままになっている。急いで帰り、戸も閉め忘れるほど慌てていたのかもしれない。

「市太、早くしろい。これから鈴ケ森だ」

言いながら部屋の狭い三和土《たたき》に入った。

市太は隠れるように、部屋の隅にうずくまっている。

「どうしたい。早くしねえと、いい場所を取れねえぞ」

「俺、行かねえ」

壁に向かい、顔をうつむけたまま言う。怯《おび》えている。

「行かねえって？　おめえ、きのうは行くって言ってたじゃねえか」

「気が、気が変わりやした」

「なに？　どうして」

「さっきの、さっきの二人。あれは……」

　市太はなおも顔を伏せたまま言いかけ、あとは口をつぐんだ。

（そうかい。やはりあの二人、なあ）

　あらためて仁左は確信し、

「なんだか知らねえが、まあ、きょうは飯屋も半日、暇をとっていることだし」

と、仁左はこれ以上誘うのをあきらめたような口調で言い、外に出てそっと腰高障子を閉めた。

　ちょうどそこへ、

「ああ、仁左さん。こちらでしたか。そば屋の玄八さんが裏庭に来ておいでで」

と、番頭の正之助が呼びに来た。その声は、部屋の中の市太にも聞こえているだろう。

　正之助が〝そば屋の……〟と言ったのはよかった。他の言い方なら、部屋の中で市太は飛び上がって驚き、そのままいずれかへ遁走したかもしれない。正之助は、玄八が老けづくりの岡っ引であることを知っているのだ。

裏庭の隅に屋台が置いてある。

「こちらで」

正之助に言われ、縁側から居間に上がると、染谷も来ていた。

「おう、さっきはいい場面を見せてもらったぜ。さすがだなあ」

仁左が言いながらあぐら居に腰を据えると、忠吾郎も、

「わしもいま、それを聞いていたのだ。さあ、染どん。話してくんねえ。どうやってああもうまくやってのけたのだ」

「ほう、やっぱりあれが残党の鳶《とび》と役者のくずれ者かい」

仁左がつないだのへ老けづくりの玄八が、

「やはり仁左どんも、お見通しでしたかい」

感心したように言うと、

「隠密廻りがやつら二人を見つけたのは、日本橋でやした」

染谷がこの場にふさわしい伝法な口調で語った。

隠密廻りたちはそれぞれの岡っ引を随え、三人の似顔絵の紙片をふところに、小伝馬町から田町までの道々に張り込んだ。その一人が日本橋でそれらしい二人を見つけたとき、鳶くずれと役者くずれのあいだにかなりの距離があり、しかも

三人目が見当たらない。一人を取り押さえても、他の二人には逃げられる。隠密廻りは岡っ引に命じ、近くに散っている同輩につなぎを取り、残党を一網打尽にと意思の疎通をはかり、三人が一緒になる機会を探りながら尾行をつづけた。鳶くずれと役者くずれは見失うことはなかったが、もう一人がどうしても現われない。

「どうせそやつは使いっ走りで逃走《とんずら》こいたガキだ。ともかく目前の鳶と役者をお縄に、と二人が一緒になる機会を待ちやしたのさ」

「それが札ノ辻の茶店だったのかい」

と、仁左。

「そういうことで」

染谷はつづけた。

「そう思ったのは、やつらが離れたまま田町一丁目に入ったときでやした。札ノ辻と目算を立てたのはあっしで。別れを告げるにしても、鈴ケ森じゃお仲間が槍で突き殺されるのなんざ見るに忍びねえ。それで札ノ辻か高輪の大木戸かと見当をつけやして、あっしが先まわりしたってわけでさあ」

「ふむ」

仁左はうなずいた。

玄八が言った。

「あっしは屋台を担いで、警護の旦那方とのつなぎ役でさあ」

どうりで見かけなかったはずである。

警護の同心たちも隠密廻りたちも、残党が五人を奪い返す愚挙に出るなど端《はな》から思っていなかった。五、六人で一人を奪い返すのならまだしも、残党三人で五人を奪うなど無理な話である。

——品川までのいずれかに、今生《こんじょう》の別れに姿を見せるはず
奉行所の判断は正しかった。

実際に姿を見せたのだ。

だが、二人……。

差配の与力の判断も速かった。

「かまわん、捕えよ」

つなぎの者に下知《げじ》したのは、一行が田町三丁目に入ったときだった。あの一膳飯屋の前あたりである。あとは隠密廻りたちの仕事である。

そのあとすぐだった。二人が接近し、ほとんど同時にお沙世の茶店に入った。

その背を、仁左は見たのだった。

好都合である。茶店の中での捕物なら、町人に扮した隠密廻りがふところから十手を取り出し、二人を捕縛する場面を見物人たちに見られず、混乱させずにすむ。あとは警護についていた同心たちの仕事である。

そのとおりになった。

「さすがだなあ」

「うーむ、大《てえ》したもんだぜ。お奉行所のやりなさることは」

と、あらためて忠吾郎と仁左は心底《しんそこ》から声を洩らした。

すると染谷が真剣な表情になって言った。

「せっかく褒《ほ》めてもらったところに、申しわけありやせんが」

ならんであぐらを組んでいる玄八も、染谷の言葉に合わせて真剣な、かつ険しい顔つきになった。

忠吾郎と仁左はハッとした。染谷はいましがた、夜鳥一味の残党を数多《あまた》の見物人の中から見つけ出すのに、似顔絵を隠密廻りの一人ひとりが持っていたと言った。その三人とは鳶くずれと役者くずれ、それに市太であろう。もちろん似顔絵だけで見つけ出せるものではない。まず大事なのは、挙動である。

染谷は市太を見ている。しかも仁左の陰へ隠れるように……。挙動は不審である。敏腕の隠密廻り同心である染谷結之助が見逃すはずはない。

案の定だった。

染谷は仁左に視線を据え、

「仁左どんの背に隠れ、おどおどした若え《わけ》のが一人いやがったが、ありゃあ何者なんで。知らねえなんて言ってもらっちゃ困りやすぜ。おトラ婆さんやおクマ婆さんとも知り合いみてえだったしよ」

「あっしは見ちゃおりやせんが、相州屋の寄子《こ こ》じゃござんせんので？　ちょいと会わせてもらえやせんかい」

玄八がつないだ。

仁左は即答に窮したが、さすがに忠吾郎は貫禄があった。

「おっと、染谷どんに玄八どんよ。相州屋《うち》の寄子に、詮索はよしてもらいてえ。確かにいまおめえさんが言った生若えのは、いま相州屋の寄子宿にいらあ。数日めえにおクマとおトラが拾って来た行き倒れだ。どんな以前を背負っているかは知らねえ。当人も話さねえ。臆病者で、まだ世間知らずだ。だがな、精進させりゃまっとうになる。わしはそう踏んで、寄子にしたんだ。いま奥の長屋にころがってらあ。だがな、わしがまともになると見込んだ以上、捕方が打込んで来ようが引き渡せねえ。そこはわかってもらいてえ」

「そう。まったくの小心者で、ふてくされていやがるが、叩きゃまともになれそうだ。まだガキだからよう」

仁左も言った。すでに忠吾郎も仁左も、市太が夜烏一味の残党であることを前提に話している。

「旦那、どうしやす」

屋台のそば屋の爺さんを扮《こしら》えている玄八が、遊び人姿の染谷へうかがうように言った。忠吾郎と仁左以外の前では、見せられないもの言いである。

「うーむ」

染谷は考えこんだ。忠吾郎と仁左、それに玄八も、染谷に考える時間を与えている。ここで最後に残った夜烏一味の残党をお縄にすれば、その手柄は大きい。玄八もそこに与《あず》かることができる。

染谷は言った。

「しばらく、預けておきやしょうかい。まあ、どうせ一味の使いっ走りで、やつらの供述からも、押込み先ではもっぱら見張り役で、殺傷には関わっちゃいなかったようでやすから」

「ほう」

「ありがてえぜ、染どん」

と、忠吾郎と仁左は安堵《あんど》の表情になった。

だが、玄八は言った。

「したが、相州屋の旦那。ここしばらく、あっしに向かいの茶店の横で商《あきな》わせてくだせえ」

見張りである。同時に、玄八が他の同業に、

（ここは俺の縄張だ。近寄るな）

と、示すことでもある。

お沙世の茶店では、喰い物は団子か煎餅《せんべい》くらいしか出していない。そこにそば屋の屋台を据えても、競合どころか相乗効果がある。以前にもそうしたことがあった。お沙世の茶店の縁台で、玄八のそばを手繰《たぐ》る客もけっこういるのだ。

この案には染谷もうなずき、忠吾郎も、

「おもしれえ。お沙世もよろこぶだろう」

「きょうの昼にでも、野郎を連れて一杯《いっぺえ》手繰りに行くぜ」

と、仁左にも異存はなかった。

「さあ、そうと決まれば……。そろそろ五人さまのご一行は、高輪の大木戸を抜けていることでやしょう」

と、染谷は腰を上げ、玄八もそれにつづいた。

縁側に出しな、染谷は言った。

「さっき捕えた二人、もう田町三丁目の自身番から茅場町《かやばちょう》の大番屋に送られているころでやしょう。あしたには小伝馬町送りで、十日もすりゃあ、また裸馬で札ノ辻を通ることになりやしょう」

六

染谷と玄八が相州屋を出たとき、おクマとおトラはすでにお沙世の茶店から戻り、市太が部屋でうずくまっているのに気づかないまま商いに出ていた。

玄八は相州屋を出て、そのまま街道で店開きをするだけだった。

「あらあ、よろしくお願いね」

と、茶店のすぐ脇に屋台のそば屋が出るのをお沙世はよろこんだ。街道はすっかりもとの往来に戻っている。

相州屋の居間には、仁左が残った。二人とも深刻な表情だった。

忠吾郎は言った。

「腕利きの隠密廻りや岡っ引は、染谷や玄八だけじゃねえ。一人ひとりが似顔絵を持っているとなりゃあ、みんな残りの一人に集中し、すでに市太の面は頭に叩きこんでいることだろうよ」

「おそらく」

「そういうなかで、市太を一膳飯屋へ出すのは危ねえ。玄八がおもてに屋台を据えて護《まも》ってくれていても、飯屋で誰に気づかれねえとも限らねえ」

「短い距離でやすが、飯屋への行き帰《けえ》りだって危のうございまさあ」

「そういうことだ」

二人は膝を詰め、ひたいを寄せ合った。

このすぐあと、忠吾郎は出かけた。まだ午前《ひるまえ》である。

すでに玄八が、茶店の脇で店開きをしている。

「ちょいと口入れの商いにな」

「へえ、行ってらっしゃいやし」

忠吾郎と玄八は言葉を交わした。誰が見ても、相州屋のあるじと屋台のおやじの、通りがかりの挨拶である。実際、忠吾郎は口入れの商いに出かけたのだ。仁左は寄子宿の長屋に戻った。市太が衝動的に逃げ出さないか見張るためである。それにもう一つ、忠吾郎と話し合った仕事がある。市太への脅《おど》しを交えた説得である。

仁左は市太の部屋の腰高障子を開けた。まだ部屋の隅にうずくまっていた。仁左は上がりこみ、

「どうしたい。そんなに罪人の引廻しや突然の捕物が恐かったかい」

「い、いや」

市太は仁左と向かい合うようにあぐらを組んだものの、目を合わせようとしなかった。

仁左はつづけた。

「いまごろ五人とも鈴ケ森の仕置場に着いていようかなあ。これから高《たけ》えところに手足を開いて磔刑《はりつけ》よ。人足が担いでいた槍を見たろう。あれで心ノ臓をひと突きにされりゃいいが、そうはいかねえ。肩や腹をぶすぶすやられてよ。一度見たことあるが、やられるほうは悲鳴も上げられねえほど、顔を苦痛にゆがめてよ。

ありゃあこの世の地獄だ。息絶えりゃ首と胴が斬り離されてよ、三尺（およそ一米《メートル》）高《たけ》えところへさらしだ。獄門台がなんで三尺か知ってるかい。野良犬が飛びついて喰い散らかさねえようにだ」

「うううっ」

市太は耳を押さえ、うめき声を上げ、肩を震わせはじめた。

仁左は話を止《や》めなかった。

「向かいの茶店でお縄になった二人よ、お沙世ちゃん目の前のことに仰天してたが、役人が言ってたそうな。あの二人、さっき引かれて行った五人のお仲間だってなあ。数日後にゃ、また裸馬に乗せられて鈴ケ森だろうよ。それにお沙世ちゃん、言ってたぜ。お役人たちゃ逃げた夜鳥一味の似顔絵を持っていてよ。あと一人、捕まっていねえそうな。もう江戸から逃げ出すこともできねえだろう。府内で隠れるところは、一つしかねえ」

「ど、ど、どこ」

市太は顔を上げ、仁左に目を合わせた。

午近《ひるちか》くになっている。

「そのめえに、おもてに屋台のそば屋が出ているから。ちょいと手繰りに行くかい。話はそれからだ」

仁左は誘った。

市太は部屋から一歩でも出ることを嫌がったが、

「すぐ向かいだぜ、さあ」

と、無理やり連れ出し、

「おう、父《とっ》つぁん。一杯《いっぺえ》つけてくんねえ。こいつはこんど相州屋《うち》に来た寄子だ。旦那がいまいい奉公先をさがしていなさる」

「ほう、いい若い衆じゃねえですかい。いいとこ見つかればよござんすねえ」

老けづくりの玄八は市太を一瞥《いちべつ》し、声まで年寄りじみた声音《こわね》で言った。

「へ、へえ」

と、市太はそばがゆで上がるあいだもそわそわと落ち着かず、右に左にと目を向けていた。仁左と玄八はそっとうなずきを交わした。

そばが入ると市太は、

「な、なかで。あちち」

と、碗を両手で抱え持ち、茶店の中へ逃げるように入った。

仁左と玄八は再度うなずきを交わした。

茶店の中では、

「あーら、市太さん。おそばですか。いまお茶、淹れますからね」

お沙世が愛想よく迎えた。


忠吾郎が帰って来た。

同時に番頭の正之助が出かけた。三丁目の一膳飯屋に、市太の暇をもらいに行ったのだ。もともと市太の奉公は、給金が出るようになっても喰い逃げへの償いだったから、奉公というほどのものではなかった。

市太は茶店から戻っていたものの、落ち着かなかった。仁左の部屋で、

「そこって、ほんとうに、ほんとに大丈夫なんですかい」

などと、当初のはねっ返りの態度などすっかり消え失せ、なかば哀願するような姿勢になっていた。その姿は夜鳥一味の残党であることを白状するようなものだが、口にそれは出していない。仁左も質《ただ》さない。ただ、あわれなほどに怯《おび》えきったようすに、

「さっきも言ったろう、助かる道はそこしかねえ、と」

「へ、へえ」

「だから、いまは忠吾郎旦那のお帰りを待つんだ」

言っているところへ、忠吾郎が帰って来たのだ。

さっそく仁左と一緒に、居間に出向いた。

仁左にうながされ、市太は忠吾郎の前に端座の姿勢をとった。

忠吾郎は言った。

「お赦《ゆる》しが出た。あとで庄助どんが迎えに来る。それまでに準備をしておけ」

「ほう、それはよござんした。さあ、市太。井戸端だ」

「へ、へえ」

市太は従った。母屋の台所では、女中が湯を沸かしはじめた。

庄助といえば、相州屋の寄子から西蓮寺に寺男として入った、働き者で評判のいい男である。忠吾郎が市太の口入れに出向いたのは、三田寺町の西蓮寺だったのだ。

染谷が帰り、玄八が茶店の脇に屋台を据えたあと、居間で忠吾郎は仁左とひたいを寄せ合い、言ったものだった。

「――見張り役だったとはいえ、殺しまでやってやがった一味に与《くみ》していたなんざ、並みじゃ償えねえ。寺男などじゃなく見習い坊主として寺に入れ、これまで仲間が殺《あや》めたお人らの菩提を弔《とむら》いつづけさせなきゃならねえ。口入れはそれからだ。幾年さきになるかわからねえが」

「――途中で修行に音《ね》をあげ、逃げ出しゃあどうしやす」

「――そのときは、染谷と玄八の仕事が増えることになる」

「――わかりやした。あっしが市太に寺へ入《へえ》るよう話しまさあ」

「――頼むぞ。わしは西蓮寺に行って、住持に相談してみよう」

かくして仁左は玄八に市太の面を見せ、長屋に戻ってから説得などはしない。ひねくれ、はね返っている生若い者に、なにを言っても効果のないことを仁左は心得ている。効果のあるのは、仕置への恐怖と生きることへの一縷《いちる》の望みである。効果はあった。仏門の道に、市太は乗ったのだ。

そこで悟《さと》らなければどうする。

（知らん）

市太を井戸端に引き立てながら、仁左は胸中につぶやいた。それこそ忠吾郎の言ったように、染谷と玄八に任せればよい。そのためにも、仁左は玄八に仏門の話はしなかったが、市太の面を見せたのだ。

湯が沸き、井戸端で仁左は市太の髪を剃り落とした。

動機は不純だが、これで墨染《すみぞめ》を着《つ》ければにわか坊主のできあがりである。西蓮寺の住持も相州屋忠吾郎に相談され、その不純な動機を承知のうえだった。

庄助が、

「ほう、ちゃんと剃髪《ていはつ》はしましたな」

と、市太を連れに来たのは、おクマとおトラが帰って来るまえだった。念のため西蓮寺の山門まで、仁左がついて行くことになった。


寄子宿の路地を出た。

向かいの茶店の横から、

「おぉぉぉ、これはさっきの寄子さんじゃねえだか」

玄八が年寄りじみた口調で声をかけてきた。

「ま、こういうことだ」

「なるほど、そういうことでやしたかい」

仁左が応えたのへ玄八は得心したような言葉を返したが、市太も庄助もその裏に気づくことはなかった。

お沙世も驚いて暖簾から飛び出て、

「まあっ、その頭、いったい？　一瞬、誰だかわからなかったじゃない」

庄助がつき添っているのを見て、

「えぇえ。まさか、西蓮寺さんにお弟子入り!?」

「ま、そういうことだ」

仁左は返した。

玄八が、

「ほう、西蓮寺でやしたか。これで墨染を着けりゃあ、とてもさっきの若い衆とは思えやせんや」

言ったのが、市太に安堵感を与えたようだ。

（ありがとうよ、玄八どん）

仁左は胸中で感謝していた。

そのせいか、市太は往還へ歩を踏むにも、さきほどそばを食べに出たときのようにおどおどしたようすはなかった。

西蓮寺までの短い道のりも、なにごともなかった。

山門の脇の勝手門の前で、市太は初めて仁左に頭を下げ、剃髪した者の言葉遣いではないが、

「ありがてえと思っておりやす。もちろん、忠吾郎旦那にもでさあ」

精一杯の礼を述べた。

（さあて、どうなるか）

仁左はこれで大丈夫と思っているわけではない。

ひとまず市太を西蓮寺に送りとどけ、札ノ辻に戻って来ると、玄八はまだお沙世の茶店の脇に屋台を据えていた。

「おう、まだいたのか。あしたから西蓮寺の前《めえ》に移動するかい。すぐ近くだぜ」

「そうさせてもらいやしょうかね」

と、玄八は仁左が帰って来たのを確かめると帰り支度にかかった。

おクマとおトラが帰って来た。

すでに鈴ケ森の仕置場の獄門台には五つの首がならんでおり、きょうは二人とも話題が多い。だが、寄子宿への路地へ入るまえにお沙世に呼びとめられ、市太の剃髪を聞いたか、路地に足をもつらせ裏庭に駈け入った。獄門首どころではない。仁左が縁側で忠吾郎と話していた。

「ちょいと、ちょいと。ほんとなの！」

「あれに小坊《こぼん》さん、勤まるの!?」

「ああ、いまも旦那とその話をしていたのさ。あんなやつだから、お寺で根性を叩きなおしてもらわなきゃあ、と旦那が手配しなさったのさ」

「そういうことだ」

仁左が言ったのへ忠吾郎がうなずいた。

おクマとおトラは得心したようだ。

七

この日、午過《ひるす》ぎから街道は仕置場のうわさで持ち切りだった。品川宿はなおさらである。獄門台に五つもの首がならぶなど、めったにないことだ。

まだ陽が西の空に高い時分だった。五人が槍でつぎつぎと突かれて絶命し、首が落とされ血のしたたるまま獄門台にならべられた。

街道添いの竹矢来には、押すな押すなと見物人が群れている。武士もおれば町人も、女もおれば子供も、まさしく恐いもの見たさの群れだった。

その鈴ケ森の片隅で、ある事件が起きていた。諸人の関心は仕置場に集中し、おなじ森の隅でなにが起ころうと気にとめる者はいなかった。

品川宿からも多数の見物人が出向いていた。なにしろ近場である。

「なんとも酷《むご》い」

「見たかい。あの苦悶にゆがんだ顔」

と、街道は帰りの人々が多く、それをかき分けながら、

「もう獄門首になっていやすかい」

と、これから見に行こうとする者もいる。

鈴ケ森の樹林群が切れ、畑になろうとする一角に、職人風とお店者《たなもの》風の男が、品川宿の町並みを背景に立ち話をしている。見知った者が仕置見物の帰りに出会った風情で、なんら人目を引くものではない。だがよく見ると、二人とも行き交う人のながれにちらちらと視線をながしている。

そのながれのなかに、品のよさそうな老婆が一人いた。足腰は達者なようで、近くの住人で仕置見物の帰りのように見受けられる。すぐその前を丁稚髷《でっちまげ》で前掛をした小僧が一人、露払いのように歩をとっている。老婆のつき添いのようだ。商家の女隠居とその奉公人のように思える。

道端の職人風とお店者風が両脇から老婆に近づき、ひとことふたこと言葉をかわし、二人は老婆を支えるように樹間《じゅかん》のほうへいざなった。老婆の足がこわばっ

ているのは、疲れた年寄りを二人の若い者が両脇からいたわるように支え、

『ちょいとそこでひと休みを……』

言っているように感じられる。珍しい光景ではなく、まったく目立たない。よく見ると、職人風の男が老婆の脾腹《ひばら》に刃《やいば》をあてている。明らかになんらかの脅迫である。

小僧がふり返った。老婆がいない。

慌て、樹間を找《さが》すのではなく街道を引き返した。いない。幾度かあたりを行きつ戻りつし、

「ご隠居さん、ご隠居さん」

呼んだが、街道を行く面々は、すでにさきほどとは変わっている。訊いても無駄だった。獄門首の見えるところまで引き返した。やはり、いない。

(え、さきに帰った?)

小僧は思ったか、人のながれのなかを品川宿のほうへ走った。

すぐ近くの樹間である。街道からは見えない。

老婆の顔は、声も出せないほど恐怖に引きつっていた。

突然だった。お店者風の男が、

「婆さん。さっき見た五人よりは楽に逝《い》けやすぜ」

言うなり職人風の男が老婆の首に手をかけ、力を入れた。

「ううっ。うぅぅぅ」

老婆はうめき、お店者風がその口を手でふさいだ。

「終わったぜ」

職人風の男が力を抜くと、老婆の身はその場に崩れ落ちた。

お店者風の男は言った。

「どこの誰か知らぬが、あまりいい気はせんな」

「まったくで。年寄りなら余命も短く、さほどの罪にもならねえなどと旦那は言いなさるが、殺《や》るほうは気が滅入《めえ》るぜ」

職人風の男がつないだ。

すぐ近くの街道を、小僧は駈け抜けて行った。

丁稚髷《でっちまげ》の小僧は品川宿の町並みに入り、なおも駈けた。昼間の品川宿は物資の集散地であり、人が走っていても目立たない。急ぎの大八車も走っている。とくにきょうは五人もの罪人の護送があったばかりで、獄門台に首がならんだことを早く知らせてやろうと、急ぎ足になっている者もいる。

小僧の足は本通りをそれ、さらに走って品川宿にしては静かな目立たない枝道に入り、一軒の八百屋に飛びこんだ。安定した得意先を抱えているのか、八百屋にしてはいくらか大きな店構えだ。

そのとなりは小ぢんまりとした、品川名物の飯盛《めしも》り女など置いていそうにない地味な旅籠《はたご》である。暖簾になんと〝桔梗屋《ききょうや》〟とある。仁左が品川方面に出向いたとき、足溜《あしだま》りにしている旅籠ではないか。鎌田村代官所の成敗には、忠吾郎たちもそこにわらじを脱ぎ、札ノ辻と鎌田村との中継地とし、旅籠も存分に便宜をはかったものだった。

あるじは柳営（幕府）の元徒目付《かちめつけ》で、隠居をしてから開いた旅籠であり、だから仁左はそこをいったん事あるときの足溜りにしているのだ。

仁左は八百屋の屋号までは知らないが、存在は知っている。以前、桔梗屋のあるじが言っていたのを聞いたことがあるのだ。

「――亭主もおかみさんも、よう働きなさるお人でなあ。婆さんがまた元気で働き者じゃ。せがれどのが、楽隠居になって長生きしてくだされ、と商舗《みせ》の奉公人はお手代《てだい》さん一人じゃったのだが、新たに小僧を入れなすった。じゃがあの婆さん、いつも商舗に出て、いっこうに楽隠居になりなされねえ、とご亭主もおかみさんもこぼしていなさるよ」

なんとも働き者一家のほほ笑ましい話だった。

「――相州屋《うち》の寄子宿にも婆さんが二人いなさるが、働いているからこそ身も心も達者でやすよ。おとなりの女隠居のお人、本物の隠居にならねえほうがよござんすぜ、達者で長生きのためにも」

仁左は返したものだった。

「旦那さまーっ、おかみさーん」

と、叫びながらとなりの八百屋に飛びこんだのが、そのとき話に出た小僧で、鈴ケ森で見失った婆さんが、どうやらその働き者の女隠居らしい。

店場に出ていた亭主が、

「どうした、血相を変えて」

「ご隠居が、ご隠居があっ」

小僧は仕置場からの帰りに、うしろにいたはずの婆さんが、

「急に、いなくなりましたあっ。さきに帰っておいでではっ」

一縷《いちる》の望みをつなぐように言った。

婆さんは当初、一人で見物に行くと言っていたのを、人が大勢出て危ないからと息子が無理やり小僧をお供につけたのだった。

婆さんは、

「――いらぬお節介を」

などと言っていた。

八百屋の亭主は、

「あはは。まだ戻っていないが、心配するな。あの達者な足だ。おまえ、きっと撒《ま》かれたのだぜ。そのうちふらりと戻って来なさるさ」

言ったものだが、小僧はそれでも心配で、幾度も往還に出てはあたりを見まわした。

おかみさんもさほど心配することなく、得意先まわりに出ていた手代も帰って来て、

「さあ、近くで見かけませんでしたが。それよりも仕置場、どんなようすだった。まともに見られたか」

などと、小僧に訊いていた。

陽が西の空にかなりかたむき、おもてを歩く人の影が長くなっている。

八百屋ではようやく皆が心配しはじめた。

小僧と手代が仕置場まで走り、婆さんの消えたあたりを丹念に找《さが》した。

痕跡はない。

そこが街道であれば、やはり往来人に訊くのは無駄である。

亭主も找しに出た。

日の入りが近い。

おかみさんも、婆さんの行きそうなところや知人宅などにうかがいを入れた。

立ち寄っていない。

桔梗屋も騒ぎに気づき、奉公人を出し亭主も八百屋に出向いた。元徒目付であれば、探索はお手のものである。

小僧から、道筋と見えなくなったときのようすを詳しく聞き、さらに婆さんの立ち寄りそうな所へあらためて聞き込みを入れ、見かけたら桔梗屋へ知らせてくれと頼んだ。

日の入りを迎えた。品川宿の本通りとその周辺は色街に変貌する。

裏手の一角は、慌ただしい動きを見せている。桔梗屋だけではない。となり近所すべてが人を出し、刻々と暗くなるなかを奔走している。八百屋の小僧は顔面蒼白で、桔梗屋の仲居たちが懸命に慰めていた。

このとき桔梗屋のあるじの脳裡に、ときおり訪ねて来る仁左の顔は浮かばなかった。無理はない。品川宿の片隅に起こった出来事である。田町の札ノ辻は、江戸府内なのだ。

八百屋や桔梗屋が焦《あせ》りのなかで見送った日の入りを、仁左は相州屋の裏庭の縁側で見ていた。忠吾郎も縁側に出て来ており、おクマとおトラもまだいて、市太を心配し、

「今夜が、お寺で迎える最初の夜だねえ」

「あした、見に行ってみようかねえ」

などと話していた。

きょう半日、品川からのうわさは仕置場のことばかりで、町場の片隅の出来事など、街道のながれの端にも乗らなかった。

だが、うわさの元凶は、すぐそこに来ていた。

三　押込み葬儀

一

品川宿の八百屋や桔梗屋はいよいよ焦り、札ノ辻の相州屋の裏庭では仁左たちが西蓮寺に口入れした市太を話題にしていた、ちょうど日の入りのときである。

「お願い致しもーす」

西蓮寺の山門に、訪《おとな》いの声を入れる者がいた。

日の入りだったもので、竹箒《たけぼうき》を持った寺男の庄助が山門の門扉《もんぴ》を閉めようとおもてに出たところだった。

「あんれ、これはこのまえおいでのお侍さまじゃございやせんか」

深編笠をとった武士に庄助は腰を折り、

「すぐ、すぐお住《じゆう》に知らせますじゃ」

竹箒を山門に立てかけ、境内を庫裡《くり》に走った。

武士は三が日の明けた四日、挟箱持の中間をともない西蓮寺を訪れた小郡順之助だった。

その二日前に相州屋の前で倒れ者があり、そのとき深編笠の武士が〝おもしろいものを見せてもらった〟と言って立ち去った。忠吾郎はその武士に、なにやら胡散臭《うさんくさ》いものを感じた。それが小郡順之助だったわけだが、どこで引き返したか四日に西蓮寺を訪《おとな》い、〝江戸勤番となり菩提寺を求めている〟と、十両もの布施をしていた。その武士が十日になって、また西蓮寺を訪れたことになる。庄助の小郡順之助への印象が悪かろうはずはない。

住持も庄助から知らせを受け、

「すぐ書院へお通ししなさい」

即座に返した。新たないい檀家になってくれそうな家なのだ。しかも武家である。粗相《そそう》があってはならない。

庄助は急いで山門に走り戻った。

さっきは門扉の陰になって見えなかったが、お供は中間だけでなく数人いた。

それらが門内に入り、お供の中間が庄助に代わって山門を閉めていた。いつも日の入りに閉めているのだから、親切そのものである。脇の潜り戸さえ開けておけば出入りはできる。

その主従一行の五人を見て庄助は、

「ええええ、これは!?」

思わず声を上げ、合掌した。

小郡順之助のほかに小郡家の若党か、もう一人武士がいて、さらにあと中間が二人……棺桶《かんおけ》を担いでいるではないか。

小郡順之助は言った。

「ともかく、こういう仕儀《しぎ》じゃ。ご住職は？」

「は、はい。どうぞ庫裡のほうへ」

庄助は言う以外になく、棺桶に気づいた修行僧がひとまず一行を本堂にいざない、庄助が小郡順之助を庫裡に案内した。もちろん庄助は書院のふすまの前まであり、山門はすでに閉めてあり、あとは奥の厨房の仕事に入った。

市太がそこで皿洗いをしていた。初日のきょうは住持と目見得《めみえ》をしただけで、墨染はまだ与えられていない。

書院では住持がにこやかに小郡順之助を迎えていた。

小郡順之助の表情は深刻だった。

言った。

「道中で老母が病にて養生する身となったことは、先般申し上げたとおりでござるが、昨日、品川宿でとうとう息を引取りましてなあ」

住持は驚き、

「旅の途中ということで心配しておりましたが、お気の毒なことです。せっかくの江戸住まいでしたのになあ。慰めの言葉もありませぬわい」

と、心底《しんそこ》より気の毒がり、その遺体が運ばれて来たことにはさらに驚いた。

順之助はつづけた。

「なにぶん旅の途中なれば、国おもての菩提寺に運ぶこともできず」

「さもありましょう」

住持は相槌《あいづち》を打ち、武士の言葉はさらにつづいた。

「そこでござるが、ご当寺には江戸でのわが家の菩提寺になっていただきたいと思うておりましたゆえ、卒爾《そつじ》ながら運ばせていただいた次第。あすは江戸在住の縁者のみで通夜をし、落ち着いてからあらためて葬儀をいたしたいが、いかがでござろう」

と、ふところから袱紗《ふくさ》の包みを取り出し、畳の上に開いた。

俗にいう切り餅、二十五両の包みが二つ、五十両である。葬儀にも布施にも余りある大金である。西蓮寺にとって、ますます大事な檀家になりそうだ。

住持はただちに書院へ納所《なっしょ》を呼び、

「きょう運びこまれた御仏《みほとけ》じゃが、さっそく湯灌場《ゆかんば》にて清めてさし上げなされ。今宵は本堂にて称念罪皆除《しょうねんざいかいじょ》の阿弥陀経《あみだきょう》を誦《ず》しましょうぞ」

「はっ。さっそくさように」

納所は本堂に戻り、修行僧と小坊《こぼん》二人に手伝わせ、死体を棺桶から出した。髷は解き垂らし髪になっているが、衣装は商家の女隠居といったようすで、病んでいたにしてはふくよかな死体である。

中間三人をしたがえ端座していた若党が言った。

「なにぶん旅先での急な不幸であったゆえ、長のわずらいで痩せるということもなく、お付きの腰元が宿の女中に手伝わせ、夜着をあり合わせの衣装に着替えさせもうした。お付きの腰元はいま、手伝いの腰元衆を求め藩邸に出向いておりもうす。明日には数名連れて参りましょう。経帷子《きょうかたびら》はご当寺でご用意くださればありがたいが」

「心得もうした」

納所は応じ、修行僧も小坊たちも得心したようだ。

このあと納所や修行僧、小坊たちが死体を本堂の脇の湯灌場に運び、清めてから経帷子に着替えさせ、あらためて納棺する。

このときすでに外は薄暗く、屋内は灯りを点《つ》けなければ人の顔さえ見えないほどとなっていた。本堂も灯明《とうみょう》の灯りのみとなり、そこに若党と中間三人が空の棺桶の横に座しているなど、不気味な雰囲気だった。

庫裡の奥の厨房では、思わぬ夕刻の来客に庄助が、

「炭火が残っておったのはさいわいじゃった。さあ、簡単なものでいい。夕餉《ゆうげ》の用意じゃ」

と、きょう来たばかりの市太を差配し、大忙しだった。

市太はお寺の雰囲気に呑まれたか、相州屋では考えられないほど従順だった。数日だったが一膳飯屋で皿洗いをしたのも、初日からさっそく役に立っているようだ。

粥《かゆ》を煮てから、

「庄助さん、すまねえ。ちょいと厠《かわや》に行かせてくれろ。さっきからがまんしてたんだ」

「おう、早う戻って来いよ」

「へえ」

言ったものの、厠へ行くには一度庫裡の外に出なければならない。すぐ近くは墓場である。手燭《てしょく》は持ったものの、

『一緒に来てくれ』

などとは言えない。

おそるおそる外に出て、慣れない裏庭に一歩一歩、歩を進めた。背筋がブルルと震えるのは、夜の冷気のせいばかりではない。

市太が手燭を手に勝手口から外へ出てすぐだった。

庄助は、書院と本堂のほうに異様な物音と人の声がしたのを聞いた。

(はて)

と、思ってから間もなくだった。

本堂にいたはずの中間が一人、手燭を手に、

「納所さんがお呼びだ。ちょいと来てくだせえ」

と、呼びに来た。

「へえ」

と、庄助は言われるまま、中間の手燭の灯りを頼りについて行った。厨房には誰もいなくなった。

慣れないお寺の裏庭に、市太は小用にしてはかなりの時間を要した。

庫裡の厨房に戻って来た。

かまどに火があるのに人がいない。

(庄助さん、危ないよ。どこへ行ったの)

手燭を手に庫裡の中を找《さが》した。

どこにもいない。

書院で住持が来客を応対しているはずだが、そこに灯りがない。

初めてお寺で過ごす夜である。

(みんな……消えた?)

さっき厠に行ったとき以上の恐怖が、背筋にゾクリと走る。

本堂のほうに灯りが見える。きょう夕刻、新たなホトケが運びこまれたはずである。行かざるを得ない。自然、忍び足になった。庫裡から本堂への渡り廊下で、風に手燭の火が消えた。

心ノ臓が早鐘を打ち、足が動かなくなった。

本堂には灯りがあり、人の気配もする。

引かれるように、足が動いた。ふたたび、忍び足である。

物陰に身を隠すように、本堂の中をこわごわとのぞいた。

「うっ」

うめいた。さいわい、声は低かった。さらにこのとき、市太の手にある手燭の火が消えていたのは幸運だった。

本堂に見たのは、住持をはじめ納所、修行僧、小坊主二人、それに寺男の庄助が手足を縛られ目隠しをされ、板敷きに座っている姿だった。市太をのぞき、この六人が西蓮寺に常時住んでいるすべてである。

縛った六人を取り巻き、刀を突きつけているのは、小郡順之助と若党、中間三人である。中間の腰にあった木刀は、いずれも仕込みだったようだ。

こうしたとき市太は、さすがに一時は殺しも辞さない盗賊の群れに身を置いていた若者である。即座に解した。

（やつら、武家主従を騙《かた》った押込み）

押込むには事前に、西蓮寺の内所を調べているはずである。

人数は六人……きょう入ったばかりの市太は、やつらにとっては存在していない……。

市太の足の震えは止まった。

元盗賊の使い走りである。場には慣れている。いま、なにをなすべきか……とっさに解するものがあった。

あとずさった。あらためて忍び足である。

気づかれることなく渡り廊下を庫裡に戻り、庭に出て勝手門に向かった。

二

外に出た。

向かいは大名屋敷で、壁ばかりで灯りはない。

走った。

町場に出る。ときおり灯りが見える程度だ。

「おっとっと」

幾度か転びそうになった。

札ノ辻に入った。

街道を曲がれば、相州屋はすぐそこだ。

向かいのお沙世の茶店も、とっくに雨戸を閉めている。

「ここだ」

声に出し、寄子宿への路地に入った。

西蓮寺での事態と夜道を走ったことにより、心ノ臓が極度に高鳴っている。

足元に気をつけ、なかば手さぐりで歩を進めた。裏庭に出た。

母屋の裏庭に面した雨戸は閉まっている。二棟ある寄子宿の長屋が雨戸を閉めるのは、雨風の強い日のみである。いまは腰高障子を閉めているだけだ。心張棒《しんばりぼう》もかけていない。

おクマとおトラの部屋も、一番手前の仁左の部屋も灯りはない。

高鳴る心ノ臓を抑え、

「兄イ、仁左兄イ」

抑えた声で呼び、障子戸をひかえめに叩いた。兄イなどと、剃髪し寺に入った者の使う言葉ではない。だがいまは、西蓮寺の事態を知らせに走り戻り、頼りになりそうな兄貴分の部屋の戸を叩いているのだ。

「誰でえ！」

仁左は怪訝《けげん》そうな声を出し、上体を起こした。

「兄イ、俺。市太」

声とともに腰高障子を開けた。

仁左は瞬時身構えたものの、

「なに、市太？ どうしておめえ、ここに？」

夜着のまま三和土《たたき》に下りた。

暗くて人の輪郭しか見えないが、確かに市太だ。

「来てくれろっ。いま、西蓮寺が押込みにいっ」

「なにいっ。話せ！ 詳しく」

敷居をはさみ、息せき切って言う市太に仁左は問い返した。

詳しくといっても、市太はこれまでの小郡順之助と西蓮寺の係り合いを知らない。ただ、

「侍《さむれえ》と中間みてえな五人組が押込みやがって。お住も庄助さんも、お寺のみんな本堂でいま縛り上げられっ」

言ったのみだが、さすがに盗賊の使い走りだったたか、短い言葉のなかに押込んだ人数と現在《いま》のようすを的確に伝えている。

「よし、わかった。おめえ、母屋の雨戸を叩いて忠吾郎旦那を起こせ」

「へえっ」

仁左に言われ、市太はまた手さぐりで裏庭へすり足をつくり、仁左も灯りのないまま手さぐりで身支度をととのえた。動きやすい職人姿である。匕首《あいくち》をふところに呑んだ。

出た。

市太はすでに、

「旦那、旦那さま！」

声を落とし、雨戸を叩いていた。

住込みの小僧が起きて来て、すぐに忠吾郎も起きて来た。

縁側の雨戸が開き、灯りもある。

西蓮寺を出てより初めての身近な灯りに、市太はホッとした思いになった。

胸の鼓動も落ち着いてきた。

忠吾郎は縁側に立ったまま、

「市太？　どうした。ともかく上がれ」

驚きの口調になったのへ市太は、

「それどころじゃありやせん」

と、踏み石の上に立ったまま、さきほど語った内容をくり返したところへ、職人姿の仁左が歩み寄り、

「あっしもさっき聞きやした。ともかく見て来まさあ」

「待て、わしも行くぞ」

忠吾郎は小僧に提灯《ちょうちん》の用意を命じると奥に入り、すぐに出て来た。おもての玄関ではなく目立たぬよう裏庭から路地を街道に出た。むろん、忠吾郎の帯には鉄の長煙管が差しこまれている。仁左と市太の手には提灯が揺れ、市太は、

「お住らが心配《しんぺえ》でやす。お急ぎくだせえ」

腰を折り、忠吾郎の足元を照らしている。

こうしたとき、

『大丈夫だろうか』

『生きているだろうか』

などと話しても無駄なことは、忠吾郎も仁左も心得ている。

三人はただ黙々と急いだ。

寺の前だ。昼間でも人通りの少ないそこは静まり返り、いつもの夜と変わりはない。

勝手門の前で、忠吾郎は低声で言った。

「市太、中を手さぐりで案内できるか」

「へ、へえ。まあ、なんとか」

「よし、火を消せ」

「がってん」

仁左が提灯の火を吹き消し、市太もつづき勝手門に手をかけた。開いた。市太が身をかがめ、そっと入った。

忠吾郎がつづき、仁左も入った。

静かだ。

盗賊どもはまだいるのか、それとも引き揚げたのか……わからない。

「まず、住持や庄助たちがいるという本堂からだ」

「へえ、こっちで」

忠吾郎に言われ、市太は手さぐりで庫裡の軒端《のきば》を本堂のほうに歩を進めた。

三人は足音を消し、用心深く歩を踏んだ。

本堂のすぐ前に出た。

かすかに灯りがある。灯明のようだ。

市太がなにか言おうとしたのを、

「しっ」

仁左が制した。

忠吾郎もすぐに気がついた。

扉は閉じられているが、中に人の気配があるのだ。一人二人ではない。三人、四人……。うめき声が聞こえる。盗賊どもの声ではあり得ない。

(生きている)

忠吾郎は確信した。

だが、中のようすがわからない。

「あっしが飛びこみやす。援護をよろしゅうに」

仁左は忠吾郎に言うなり匕首を抜き、身をかがめ本堂の扉に体当たりし、中にころがりこんだ。入りざま斬りつけられるのを防ぐ戦法である。忠吾郎がつづいて長煙管を抜き飛びこんだ。

市太は恐怖からかふたたび足をすくませた。動けない。

灯明の淡い灯りに仁左が見た光景は、

「これは！」

「おおっ！」

つづけて洩らした忠吾郎の声は安堵からであった。最悪の事態ではなかった。住持に納所、修行僧に小坊二人、さらに庄助の六人が手足を縛られ、さるぐつわをかまされた姿で、本堂の板敷きにころがされていた。仁左が急いでつぎつぎと匕首で手足の縄を切った。

「もう安心……」

忠吾郎が言い終わらないうちに、それぞれがさるぐつわを引きはがし、

「旦那、市太がおりやせん！」

「相州屋さんですねっ、まさかとは思いますがっ」

庄助が言ったのへ納所がつないだ。淡い灯りのなかに、それぞれの目が忠吾郎にそそがれている。

一同は小郡順之助主従五人が突然押込み強盗に変身したときから現在《いま》にいたるまで、一度も市太の姿を見ていない。

（まさか、手引きをしたのでは）

疑っていたのだ。寺入りしたその日の夕刻に押込みとあっては、無理もないことか。

「違う、違う。市太が走ってこの危急を俺たちに……」

「これ、市太。なにをしておる。早う来んか」

仁左は慌てたように言い、忠吾郎が外に声をかけた。

もう足の硬直はとけたか、

「へ、へえ」

市太がおずおずと本堂に入って来た。

誤解はその場で解けた。

修行僧が言った。

「ならば、あの御仏はいったい」

「おお、そうじゃ。確かに……」

住持が応じ、寺の者は互いに顔を見合わせた。

「確認じゃ」

住持が言い、一同は灯りを手に湯灌場に向かった。遺体は確かにそこで清め、経帷子に着替えさせたのだ。

「棺桶が持ちこまれましてなあ」

庄助が言い、忠吾郎と仁左は事態の呑みこめないまま一同につづいた。

息を呑んだ。白い経帷子が蠟燭の灯りに浮かんでいる。凝視すると、老婆ではないか。

それぞれが経帷子の遺体を囲むように座し、

「お恥ずかしいことじゃが……」

住持が自嘲気味にこれまでの経緯を語った。納所も修行僧も小坊主たちも悔しそうな表情になっているのが、蠟燭の灯りからも看《み》て取れた。

庄助がポツリと言った。

「深編笠で中間を一人したがえたお武家で、わしもつい信じてしもうて」

「ん？」

と、このとき、忠吾郎の脳裡に走るものがあった。お沙世の茶店の縁台から見た、あの倒れ者の大道芸と〝おもしろいものを見せてもらった〟と言って立ち去った武士である。深編笠で、中間を一人ともなっていた。同時に、倒れ者の大道芸も二度目に来たときは三人だった。合わせれば五人……符合する。

それはまだ忠吾郎の脳裡をチラと走っただけで、それよりもいま一同の脳裡に渦巻いているのは、

「お住《じゅっ》さま。この御仏はいったい……」

誰なのか？

問いかけたのは小坊の一人だったが、忠吾郎と仁左を含めた一同は思わず、互いに顔を見合わせた。

答えられる者は一人もいない。

「ご免」

職人姿の仁左が膝を前に進め、遺体の首筋を検《あらた》めた。

思ったとおりだった。

きつく絞められたあとがかすかに認められる。

一同は遺体の首筋に顔を近づけ、

「おおぉ」

声を上げ、あらためて合掌した。

湯灌のとき、蠟燭のほの暗い中で修行僧と小坊たちはつい見過ごしたようだ。

賊どもがわざわざ暗くなる時分に棺桶を持ちこんだのは、おそらくそれを見越し

てのことだったのだろう。

「ますます許せぬ奴らのようですなあ」

　忠吾郎が老婆の遺体を前に落ち着いた口調で言い、

「押入った五人の面相を、お聞かせ願いたい」

「面目ござらん。慥《しか》とわかるのは、書院で面談した武士ひとりでござれば」

　住持がその特徴を、

「面長にて目が細く、唇も薄く、あごがいくらか尖《とが》っておりもうした。体つきはいくらか痩せ気味にて……」

　と、語った。

　他の四人については、夕刻でもあり、それぞれがたくみに顔を見せまいとし、納所も修行僧も小坊たちも、

「迂闊《うかつ》でございました」

　と、誰もが明確には応えられなかった。

　納所が言った。

「われらが脅されて縛られ、寺の浄財のありかまで喋らされ、本堂にころがされてからすぐでございました。相州屋さんが駈けつけてくださいましたのは」

賊どもにとっては、間一髪で忠吾郎たちとの遭遇を免れたようだ。

「おれ、俺がもっと速く相州屋さんに走っておれば」

「いや、市太はよう機転を利かせてくれた」

市太が言ったのへ住持は慰めるように言い、納所らはうなずきを見せた。

寺からは五百両の大金が消えていた。最初の十両の布施ときょう持って来た五十両は、寺の信を得るための見せ金だったことになる。巧妙というほかはない。もちろん賊どもは、それら見せ金も回収している。

あすの朝早く、西蓮寺は寺社奉行に被害を届け、

「わしも奉行所に知らせておきましょう」

忠吾郎は言った。

寺社は寺社奉行の支配であり、町奉行所の手は及ばない。それに、賊が本物の武士だったなら管掌《かんしょう》は目付であり、ますます町奉行所は蚊帳《かや》の外となる。だから住持をはじめ西蓮寺の一同は忠吾郎の言葉を、ありがたくは思いながらも、そう重くは受けとめていなかった。

提灯を手に、忠吾郎と仁左は真夜中の往還を帰途についた。二人とも、西蓮寺に血が流れていなかったことにひと安堵している。しかしそのぶん、

「念の入った芝居のため人ひとり殺《あや》めるたあ、まったく許せねえやつらだ。ここは一つ、染谷や玄八たちの手を借りて成敗する以外《いげえ》、手はあるめえ」

「そのようで」

　忠吾郎の言葉に仁左は短く応え、

「あれは四日《へえ》でやしたねえ。侍《さむれえ》が与太をひとり手打ちにしようとしたところへ留め男が入り、まんまと見物人から浄財をせしめていったやつら。確か侍は武州浪人で石川四郎五郎、与太は次之平と名乗ってやしたが。留め男のほうも聞いておきゃあよかったですねえ。今宵の侍は小郡順之助でやすか。ま、どれもこれも本名とは思えやせんが」

　と、仁左も四日の大道芸は見ていたが、二日の次之平による倒れ者の一人芝居は見ていない。

「実はなあ、あれは二日だったが……」

　と、提灯の灯りに歩を拾いながら忠吾郎は、次之平なるものの一人芝居を、

「となりの縁台に深編笠の武士が座っておってなあ、中間を一人連れておった。迂闊だったかもしれねえが、そやつらの面を見ていねえ。深編笠がいくらか痩せ気味だったことは覚えておるが」

「まさか、そやつが小郡順之助ときょうの中間の一人⁉」

「あり得る。人数も合わせて五人……、ぴたりと符合する」

「ともかくあしたの朝、お奉行所へつなぎを取ってくだせえ。染どんと玄八どんたちと膝詰《ひざづめ》いたしやしょう。まずはあの婆さんが誰か、それがわかりゃ賊どもの手掛かりも得られやしょう」

「うむ」

忠吾郎はうなずき、

「おめえ、こんなことには相当慣れているようだなあ」

「いえ。ただ、あの賊どもが許せねえだけでさ」

仁左は低い声で返した。

すでに二人の足は札ノ辻を踏んでいた。

裏庭に入り、母屋と長屋への別れぎわ、仁左がぽつりと言った。

「市太め、西蓮寺でうまくやっていけそうでやすねえ」

「そう、わしもそれを思うた。庄助に市太と、二人も相州屋から世話になったのでは、ますます係り合わねえわけにはいかなくなってしもうたわい」

忠吾郎の声も低かったが、重みがあった。

三

日の出を迎えた。十一日である。

西蓮寺では朝のお勤めどころではなかった。だがおもて向きはいつもと変わりなく、庄助が山門を開けた。変わるところといえば、市太が坊主頭だがまだ衣《ころも》を着けないまま、山門の周辺を竹箒で掃いていたことくらいか。

もう一か所、尋常でないところがあった。

品川の裏通りの八百屋と旅籠の桔梗屋である。

昨夜は八百屋も桔梗屋も人を出し、品川宿をくまなく訊いてまわった。得るものはなかった。

田町九丁目の高輪大木戸と品川宿のなかほどに、泉岳寺《せんがくじ》をはじめ寺の集まる一角がある。当然その近辺には仏具屋に石屋、それに桶屋などがならんでいる。ここでの桶とは棺桶である。もちろん獄門台に載せられた首とは無関係だろうが、
桶屋の一軒にきのう午後、

「――出来合いのものでよい。武家にふさわしい丁寧な造作のものを一つ、担ぎ

棒も紐も一式そろえてくれ」

と、二人で購《あがな》いに来た者がいた。どちらも中間姿だったから、武家屋敷の奉公人と思われる。桶屋ではいちいち相手の素性を訊いたりしない。中間姿の二人は買い取ると、それを牽いて来た大八車に載せ、いずれかへ去った。

八百屋の者も桔梗屋も、泉岳寺のほうまでは探索の足を延ばしていなかった。延ばして緊急に棺桶を購った者がいたと聞き込んでも、武家の葬儀らしいと思うだけで、このときの探索と結びつけて考えることはなかっただろう。

（ここはひとつ、札ノ辻の仁左どんの手を借りるしかないか）

桔梗屋のあるじがなんの手掛かりもなく焦りの込み上げるなかに思ったのは、十一日の朝がそろそろ明けようかといった時分だった。そこであるじは、仁左も顔を知っている手代を札ノ辻に走らせた。

日の出とともに、相州屋の井戸端にはおクマとおトラ、それに仁左の顔がそろっていた。

「きょうから市太の坊や、いないんだねえ」

「いたら目ざわりだけど、いなけりゃいないで張り合いがなくなるねえ」

おトラとおクマが話している横で、仁左が釣瓶で二人のぶんも水を汲んでいる。昨夜のことがまったく話題にならない。市太が駈けつけたときおクマもおトラも寝入ったばかりだったか、気がつかなかったようだ。帰って来たときは、そっと音を立てないようにしたから、気づかれたはずはない。

日の出というのに、縁側に忠吾郎が出て来た。夜着のままである。

「これは旦那、きょうはまたお早いことで」

と、仁左はさりげなく歩み寄った。

「正之助に連絡を取り、いま向かっている」

口入れの話でもしているようにさりげなく言った。正之助は通いであり、日の出前に小僧を自宅に走らせたのだろう。正之助は直接、奉行所よりも同心の組屋敷がある八丁堀《はっちょうぼり》に向かった。おっつけ染谷結之助が駈けつけて来ることだろう。

「あら、旦那。きょうはどうなさんした」

「ああ、ちょいと早う目が覚めてなあ。で、きょうはおめえたち、どこをまわるね」

訊いたのへおトラが応えた。これは仁左も知りたいところである。

「ほれ、寺町に入ったところの会津さまさ、きょうはそこを皮切りにあのあたりの武家屋敷をながそうかと思って」

「お寺はおおかたまわったし、お武家ももう正月の慌ただしさを終えているだろうと思ってねえ」

おクマがつないだ。

「ほう」

忠吾郎は応え、奥に戻った。

「俺も一緒に行きてえが、きょうは煙管の修理がいくつかあってなあ。ここに残って仕事だ」

仁左は言った。

会津屋敷は西蓮寺の向かいである。なにも知らない二人がこれから行って、西蓮寺に時ならぬ異状があれば急ぎ戻って来るだろう。戻って来なければ、おもて向きは平常ということになる。西蓮寺が下手に騒ぎ立てておれば、これからの探索に支障を来たすことになる。そのいずれかが、このあとすぐのおクマとおトラの動きでわかるのだ。

相州屋の玄関が騒がしくなったのは、おクマとおトラが早めにお沙世に見送られ、仕事に出たすぐあとだった。品川の桔梗屋の手代が、相州屋の玄関に息せき切って飛びこんだ。すぐさま仁左が居間に呼ばれた。

　手代は女中の淹れたぬるめのお茶を一気に飲み、きのう八百屋の婆さんが行《ゆ》く方《かた》知れずになり、町内で大騒ぎになっていることを語った。

　忠吾郎と仁左は顔を見合わせた。

　おクマとおトラは帰って来ない。西蓮寺は寺社奉行に届けた以外は、平静を保っているようだ。

　仁左は桔梗屋の手代に、行く方知れずになった婆さんの顔を知っているかどうかを訊いた。手代は応えた。

「知っているかじゃありません。おとなりさんですよ。だから私も気が気でなく、昨夜は一睡もせず走りまわっていたのです」

　なるほど疲れ切った表情は、品川から札ノ辻まで走って来たからだけではないようだった。

　仁左は忠吾郎とうなずきを交わして言った。

「休む間も与えず申しわけねえが、いまから面通しをしてもらいてえホトケがある」

「なんですって⁉」

　手代は驚き、仁左は西蓮寺の話をした。湯灌場で見た婆さんの面体《めんてい》が手代の語る人相に似ており、棺桶が西蓮寺に持ちこまれた時間も、八百屋の婆さんが行く方知れずになった時分と符合する。

「どこ、どこなんですっ、その西蓮寺さんはっ。お連れくださいまし！」

　手代は腰を上げ、

「参《め》りやしょう」

　と、仁左の伝法な口調は、品川宿の者は桔梗屋のあるじの前身を知らず、その知り人である仁左も単に出入りの羅宇屋としか認識していないからである。あくまで仁左はそれに合わせている。

「それじゃ仁左どん。お手代さんをよく案内してさしあげて、あとはよろしゅう」

　と、忠吾郎は仁左とうなずきを交わしてから言った。忠吾郎が残るのは、事態を大きくさせないためであり、うなずきはそれを確認するためだった。遺体の身元が判りそうなことに、忠吾郎も仁左も事態のいよいよ容易ならざる方向に発展しそうなことを覚《さと》ったのだ。

手代が相州屋の玄関から、仁左が寄子宿の路地から走り出て来たことに、向かいの茶店からお沙世が飛び出て来た。

「あらあら、どうしたんですか。道具箱もなしで」

「わけは忠吾郎旦那に訊いてくれ。俺、この人とちょっと用があって」

仁左は桔梗屋の手代を急《せ》かせ、手代もなかば駆け足で仁左につづいた。お沙世はポカンと見送り、二人の背が寺町のほうへ消えると、

「旦那ア」

われに返ったように相州屋の玄関へ飛びこんだ。お沙世は、こたびの事件に係り合っていると思われる深編笠の武士主従と接触しており、倒れ者の三人組の面も慥と見ているのだ。お沙世には忠吾郎はこれまでの経緯を詳しく話し、向後《こうご》の探索の大事な一人に組みこむことだろう。

駆け足は目立つ。急ぎ足になり、

「そこを曲がったところ、会津さまのお向かいでさあ」

「あ、あのお寺さんが西蓮寺さんでっ」

手代の声はふたたび息せき切っていた。

寺町の通りに、おクマとおトラの姿はなかった。おそらく向かいの会津屋敷に入っているのだろう。

「こちらで」

と、山門は避け勝手門から入った。

手代は急《せ》いている。

「ご遺体を、ご遺体を見せてくださいましっ」

庫裡の勝手口に出て来た修行僧に、仁左が話すよりもさきに、一歩前に出て叫んだ。

一緒に来たのが仁左である。修行僧はすぐさま本堂に案内し、

「こちらです」

湯灌場へいざなった。すでに経帷子に着替えさせ、鄭重《ていちょう》に安置していたのはさいわいだった。

顔にかぶせた白布を取り、のぞきこむなり手代は、

「お婆ちゃん、おとなりの婆ちゃんっ。なんでこんなことに！」

遺体にしがみついた。生前、よほど親しんでいたようだ。

どんぴしゃりに仁左も驚き、住持をはじめ納所も小坊たちも庄助も市太も湯灌

場に集まって来た。

住持は迅速な身許《みもと》判明に感謝し、ひと安堵した。

手代は西蓮寺の鄭重な扱いに礼を述べ、

「すぐご親族に知らさねば」

と、寺を出た。

このあとの連絡に、小坊が一人つき添った。

四

仁左も急ぎ帰った。忠吾郎が面通しの結果を待っている。

祖母のおウメが茶店に出ていた。お沙世は相州屋に上がりこんだまま、まだ戻って来ていないようだ。

(お沙世め、なにをながながと話してる)

思いながら路地に入り、裏庭の縁側にまわった。

お沙世が茶店に戻っていないはずだった。居間に、遊び人姿の染谷結之助とそば屋の玄八が来ていた。早朝に相州屋の番頭が組屋敷へ駈けこんで来たことに驚き、取るものもとりあえず駈けつけたといった風情だ。

そこにお沙世も膝をそろえ、仁左の帰りを待っていたのだ。

仁左が部屋に入るなり、

「どうだった」

染谷が問いを入れた。

染谷も玄八もお沙世も、すでに忠吾郎から詳しく話を聞いたようだ。座のすべての視線が仁左に集中する。

「図星でさあ。ホトケは品川の桔梗屋のとなり、八百屋の婆さんでやした。いまさっきお手代さんが知らせに品川へ急ぎ戻りやした」

「なんということだ。するってえとその婆さん、仕置見物から帰る途中《けえ》、お付きの小僧が目を離したすきに、何者かに拉致《らち》され、すぐに首を絞められ、棺桶に詰められたか」

「何者かじゃありませんよ。あの大道芸のいんちき三人組と、深編笠の主従二人に決まっているじゃありませんか！」

染谷がいましがた忠吾郎から聞いた内容と仁左が持ち帰った話を総括するように言ったのへ、お沙世が肩を震わせ、喙《くち》を容《い》れた。無理もない。あまりにも酷《むご》すぎる。しかもお沙世は深編笠主従と、顔こそ見なかったが茶の注文を受けるなど接触があり、倒れ者の大道芸の三人の顔を慥と見ているのだ。

そやつらの名もわかっている。深編笠はいずれかの藩の家臣で小郡順之助、倒れ者三人組は次之平と上州浪人の石川四郎五郎、中間と三人組の一人はまだわからない。

忠吾郎が落ち着いた口調で言った。

「あの五人が最も疑わしいが、お沙世ちゃん、そうと決めつけるにはまだ早いんじゃねえのかい」

仁左と染谷がうなずきを見せ、玄八が形《なり》はいつもの老けづくりだが声は三十路《みそじ》の地声で言った。お沙世は染谷が隠密廻り同心で玄八がその岡っ引であることを知っている。ここで演技をする必要はない。

「で、どこからどう手をつけやすかい。現場が品川じゃ、あっしらには場違《ばち》げえでさあ。殺しに押込みまでやりやがったのが侍《さむれえ》で、押込まれたのが寺社ときた日にゃあ、あっしら現場に入《へえ》って坊さんから話を聞くこともできやせんぜ」

困惑に悔しさを織りまぜた言いようだった。

実際、そうなのだ。武士なら目付、寺社なら寺社奉行の支配である。染谷と玄八が西蓮寺に聞き込みを入れたことが寺社奉行に知れたなら……。また武家の探索に染谷たちが動いたことが明らかになれば……。北町奉行の榊原忠之は火急の登城を命じられ、若年寄から叱責され、染谷結之助になんらかの処分を下さねばならなくなるだろう。……だがそれは、尋常であれば……の話である。

染谷が言った。

「玄八、わかりきったことを言うねえ、おめえらしくもねえぜ」

玄八に対して怒ったのではない。

「だから俺たちゃ遊び人とそば屋になってるんじゃねえかい。お奉行も承知のことだ。さあ、旦那。なにか段取がおありでやしょう。話してくだせえ」

「段取といわれても、やることは一つしかねえ。深編笠の主従と倒れ者三人組を追う以外《いげえ》にねえ。深編笠はちと難しい。探しやすいのは大道芸の三人組だ。いい芸だった」

「うんうん」

お沙世がうなずきを入れた。お沙世は倒れ者にころりと騙《だま》され、施《ほどこ》しをする気にさせられたのだ。

忠吾郎はつづけた。

「やつらの舞台は、この札ノ辻だけじゃあるめえ。江戸のあちこちでやってやがるはずだ」

「さっそく找《さが》しやしょう、そばの屋台を担ぎ、足を棒にしまさあ」

と、玄八は染谷に視線を向け、染谷はうなずき、

「それなら支配違いにはならねえ。浪人者は町奉行所の扱いだ」

「あたしも找す。顔を知ってるから」

お沙世が言ったのへ忠吾郎がすかさず、

「おっと、おめえは茶店の仕事があらあ。馬子や駕籠舁き、大八車の人足たちが縁台に座りゃあ、積極的に話しかけ、うわさを拾ってくれ。うまく拾えりゃ、染谷どんと玄八どんが探索の範囲を絞りこめる。それに仁左どん」

「わかってまさあ。深編笠でやしょう。羅宇屋で武家屋敷をまわり、不審なうわさがながれていねえか、探りを入れてみまさあ」

仁左は返した。

いずれも、まだ雲をつかむような話である。

忠吾郎が武家屋敷を仁左に割り振ったのは、仁左が羅宇屋だからといった理由だけからではなかった。武家の管掌は目付である。それを念頭に忠吾郎が深編笠

を割り振ってきたのを、仁左は感じ取っている。だが仁左も忠吾郎も、それを口には出さない。

五

裏庭に面した居間で忠吾郎が、染谷、玄八、仁左、それにお沙世とひたいを寄せ合っているとき、おもての店場に武士の来客があった。武家が中間や女中などの奉公人を口入屋に頼ることは多く、人宿の相州屋に武士の訪問客があっても不思議はない。だがこのときの武士は、千二百石の旗本で将軍家の御使番《おつかいばん》を務め、鎌田村を知行地《ちぎょうち》としている鳥居《とりい》家の筆頭用人林平兵衛《はやしへいべえ》だった。

あるじは来客中ということで、番頭の正之助が恐縮しながら座敷に上げ応対した。話はわかっている。知行地の鎌田村の事件のときに相州屋から鳥居家に腰元として口入れしたお絹とお仙、それに飯炊きの宇平のことであろう。

お絹はともかく、お仙は武家娘であり腰元として鳥居家に入るのはあくまで間者《かんじゃ》として鳥居家の危難を救うためと割り切り、役務遂行のあとはまた相州屋に戻りたいと言っていた。相州屋が奉行所では裁けない悪徳退治の裏走りをしていることを知り、そこに興味を持ったのだ。

宇平は、断絶したお仙の実家である石丸《いしまる》家に、お仙が生まれるまえから仕えていた老僕で、いまなおお仙に仕えている。お仙が相州屋に戻りたいといえば、宇平も一緒に戻って来るだろう。

『そういうわけで、新たな腰元と飯炊きを口入れしていただきたい』

平兵衛の用件はそのあたりであろう。それとも、

『さらにもう一人、腰元を口入れしていただきたい』

などと言うかもしれない。腰元としてお絹とお仙は有能で、奥方のお栄《えい》からも女中頭《じょちゅうがしら》の嬉野《うれしの》からもきわめて評判がよく、宇平の働きぶりも周囲から重宝がられている。

平兵衛の切り出した用件はそのどちらでもなく、かつどちらにも近いものであった。

お仙は去年の暮れから、正月明けには暇をいただきたいと嬉野に言っていた。嬉野は惜しんだが、お仙の有能さゆえにそれを認めた。正月は明け、すでに十一日である。忙しい行事はおよそ終わり、きょうあすにもお仙が宇平を連れ相州屋に帰って来てもおかしくない。

鳥居家では筆頭用人の平兵衛と女中頭の嬉野が、代わりの腰元と飯炊き、それにあと腰元を一人か二人頼もうと話し合っていた。なにしろ相州屋が鳥居家の危機を救ったのだから、鳥居家の相州屋への信頼には大きなものがある。

そのようなとき平兵衛と嬉野にとって、願ってもない話が舞いこんで来た。

ある武家屋敷の女中二人が嬉野の伝手《つて》を頼って、鳥居家に奉公したいと秘かに願い出て来たのだ。

聞けば二人の奉公先は小石川《こいしかわ》にある二百石取りの屋敷で、あるじは小普請組《こぶしんぐみ》だという。二百石の武家の勝手向きは苦しい。女中も下男も武家屋敷への奉公とは名ばかりで、武家の体面を保つため、毎日内職をさせられているのが実情である。加えてその屋敷のあるじが小普請組とあってはなおさらである。小普請組とは役職のない身分であり、役料がつかないばかりか禄《ろく》からいくらか柳営（幕府）に拠出しなければならない。

そのあるじが役職にありつけた。甲府勤番《こうふきんばん》である。

甲府勤番といえば山奥の甲州《こうしゅう》は甲府城への赴任であり、島流しならず山流しなどといわれ、不逞《ふてい》旗本が懲罰として赴任させられる場合が少なくない。だが小普請組の者にとっては、江戸にあって幕府の穀潰《ごくつぶ》しでいるより、山奥でも役務があるだけマシである。

ところがその二百石の旗本は、遊び好きの喧嘩好きといった不埒旗本で、組屋敷の界隈でも嫌われ者だった。小普請組の同輩たちは、その者の〝山流し〟をよろこんでいるという。そのような者が甲府城の組屋敷に入ったなら、生活ぶりはおよそ察しがつく。まともな奉公人なら、これを潮に屋敷を抜け出し、他に奉公先を見つけたいと思うのは当然かもしれない。甲府まで連れて行かれたのでは、たまったものではない。そうした女中が二人、伝手をたより嬉野に助けを求めて来たのである。

年末に女中二人が鳥居家の裏門を叩いたとき、応対したのが竹箒を手にした宇平であり、二人を門番詰所に待たせ、

「――善処いたしましょう。きょうはひとまず元のお屋敷にお戻りなされ」

と、奥向きの意思を伝えたのがお仙だった。

女中二人は期待を込め、幾度も頭を下げて帰った。

嬉野と平兵衛はひたいを寄せ合い、二人をお仙の代わりとしてひとまず目見得《めみえ》（面接）だけはすることにした。だが、屋敷を逃げ出した女中を直接目見得するのは、二百石と千二百石の差があるとはいえ、旗本同士としての仁義に問題があ

る。その二人はまだ、二百石の小普請組の屋敷にいる。

そこで嬉野と平兵衛が考えついたのが、おもて向きは二人の女中を相州屋の寄子ということにし、相州屋からの口入れを鳥居家が受けたという体裁《ていさい》を取ることだった。これならその二百石の小普請組の屋敷も、文句のつけようがない。

そこまで即座に解した正之助は林平兵衛に、

「しばらくお待ちくだされ。あるじに話しておかねばなりません。おそらくふたつ返事でございましょう。ご安心くださいまし」

と、中座した。

裏庭に面した居間では、

「おクマさんとおトラさんにも、うわさ集めを手伝ってもらいましょうよ」

お沙世が言い、それぞれの分担を話し合っているところだった。

そこへ正之助が、

「旦那さま、ちょいとこちらへ。鳥居屋敷の件でございまして」

「ん？　そうか。すぐ行く」

と、忠吾郎も相手が鳥居屋敷の林平兵衛では、待たせるわけにはいかない。

中座し、廊下で正之助から手短に用件を聞き、座敷に向かった。

一方、居間に残ったほうも、いずれもが鎌田村の件で尽力した面々である。強い興味を持って相互に顔を見合わせ、忠吾郎の戻って来るのを待った。

忠吾郎は座敷に入ると端座の姿勢を取り、

「話は番頭から聞きましたじゃ。お任せくだされ。で、その甲府勤番になった旗本屋敷のお女中二人を暫時お預かりするのはいつでございましょう。ご当家には申しわけないことですが、お仙と宇平が相州屋に戻りたいと意思表示していることも承知いたしております」

「お仙と宇平がいなくなるのは当家としても残念なことじゃが、当人たちの希望とあれば仕方ありますまい」

平兵衛は返し、話をつづけた。

「甲府への出立《しゅったつ》は、ここ数日内のことと聞いております。そのどさくさに紛れるわけでもござらんが、二人を早急《さっきゅう》に預かり、それを相州屋《こちら》の寄子にしてもらったあと、当家に口入れ願いたい」

「えええ！」

声を上げたのは番頭の正之助である。そこまで相州屋がするとは予測していなかった。かたちばかりのことと思っていたのだ。

忠吾郎は驚かなかった。相州屋ゆえに鳥居家が頼って来たことを、即座に解したのだ。

言った。

「ここ数日にですな。承知いたしました。で、そのお武家の名と屋敷の所在は」

「禄高二百石の小普請組の者にて屋敷は小石川、名は郡《こおり》順次郎《じゅんじろう》と申す」

（なんと！）

忠吾郎は内心、絶句した。あの深編笠の武士が小郡順之助……酷似しているではないか。

つぎの瞬間、忠吾郎は言っていた。

「今宵、やりましょう」

あとは打合せに入った。

話の進むなか、居間では一同がじりじりと忠吾郎の戻りを待っている。

女中の名はイネとマイといい、どちらも小石川近在の百姓家の出で土地の口入屋を通じて二年前に郡家へ奉公に上がったという。歳は十八、九で、すでにお仙と宇平と面識のあることもわかった。好都合である。

きょう中にお仙と宇平は相州屋に戻ることになった。もちろん、正式に暇をとるのは後日となる。

話のあいまに感じたことだが、林平兵衛は郡家の評判の悪いことは知っていても、それ以上のことはなにも知らないようだった。もちろん忠吾郎もまだ、小郡順之助が郡順次郎であると断定したわけではない。

林平兵衛は帰りしな言ったものだった。

「嬉野にいいみやげ話ができましたわい。それにしても女中二人を雇い入れるのに、こうも胸がドキドキするのは初めてですわい」

相州屋のやることである。平兵衛は郡屋敷から女中二人を連れ出すのに、お仙と宇平がどのように必要かを覚ったようだ。

玄関まで平兵衛を見送った。さすがに千二百石の屋敷の用人ともなれば、外出にも挟箱持の中間が一人ついていた。

忠吾郎は玄関から、逸《はや》る心を抑え居間に向かった。

居間では仁左、染谷たちが、

「鳥居家に、またなにか起こったかな」

「ともかく、こみ入った話のようだ」

と、話し合っている。

足音と同時に、ふすまが動いた。

染谷、玄八、仁左、お沙世の視線はそこに集中した。それら視線のなかに腰を下ろした忠吾郎は、

「軍議はやりなおしだ」

「えっ」

驚く一同の声に、

「きょう、お仙どのと宇平が戻って来る」

と、林平兵衛の話を語りはじめた。

予想もしなかった内容に、一同は聞き入った。

まだ午前《ひるまえ》である。縁側の障子を閉めていても、部屋は明るい。

忠吾郎は話し終え、

「そういうわけで、時間がない。きょうお仙と宇平が戻り次第、小石川に出向き、郡家の屋敷からイネとマイなる女中を連れ出し、相州屋の寄子とする」

と、締めくくった。

玄八が待っていたように声を入れた。

「小郡順之助が郡順次郎ってのは間違《まちげ》えねえと思いやすが、今宵動くめえに、探りを入れてみるってのはどうですかい。あっしがその屋敷の門前に屋台を据え、中間か誰かをおびき出し、仁左どんが羅宇屋の売りこみをかけて中をじっくり拝見するってのは」

「あははは、玄八どんよ」

　忠吾郎がたしなめるように返した。

「わしの稼業につき合ってくれねえじゃ困るぜ。二人も一度に口入れすりゃあ、けっこうな商いにならあ。向こうさんはここ数日内に甲州へ引っ越しだ。時間がねえのさ」

「そうだぜ。そば屋と羅宇屋がくり出しても、そう一発でようすがわかるもんじゃねえ。ともかくマイとイネとやらのお女中二人を相州屋《ここ》へ引っさらって来て、直接質《ただ》すのが一番だ」

　仁左が言ったのへ染谷も、

「そのために忠吾郎旦那は鳥居家のご用人に、お仙どのと宇平をきょう中に相州屋にとおっしゃったのさ」

「そういうことだ」

忠吾郎は応え、座は新たな役割の分担に入った。そこに出番のなかったお沙世は不機嫌だった。主役がきょう戻って来るお仙とあっては、口には出さないがなおさらかもしれない。お仙には相応の心得があり、お沙世の出番がまた遠のいてしまうかもしれないのだ。

六

お仙と宇平が戻って来るまで、まだ間があるようだ。

玄八はそのまま相州屋に残り、染谷は奉行の榊原忠之に事態の報告のため北町奉行所に急ぎ戻り、あらためて札ノ辻へ駈けつけることになった。すでに染谷は出かけた。

仁左も知らせに走りたいところはあったが、お仙たちがいつ戻って来るかわからない。武家の探索なら、まさしく仁左の得意とするところなのだ。

(あとで、事後報告でもするか)

胸中に念じた。

お沙世は茶店に戻った。

その茶店の横に玄八はそば屋の屋台を据え、仁左が客になり、お沙世の茶店の縁台に座ってそばを手繰っている。お沙世も盆を小脇にそこへ立っていた。そろそろ午《ひる》に近く、この光景が茶店とそば屋に相乗効果をもたらしている。

いまごろ呉服橋の北町奉行所では、染谷結之助と榊原忠之が、

「私と玄八が、二百石取りの屋敷へ踏込むわけではありませぬ。出て来た女中二人を、札ノ辻へ案内するだけでございます」

「おもしろい。やれ。おまえと玄八はそのまま相州屋に張りつき、経過をそのつど報告せよ」

と、話していることだろう。

西蓮寺では、品川から御仏の引取りの一行が来ているころかもしれない。殺害されたことは、すでに桔梗屋の手代が伝えていよう。八百屋にすれば憤懣《ふんまん》やる方ないだろう。ならばこのあとどうするか。桔梗屋のあるじが相談に乗っているはずである。桔梗屋のあるじは、仁左と目に見えぬつながりがあるのだ。

染谷が札ノ辻に戻って来たのは、陽が西の空にいくらかかたむいた時分だった。

さっそく相州屋の居間に仁左と玄八が膝をそろえ、

「呉服橋から忠吾郎旦那へ、よしなにとのことでございやした」

染谷は首尾を報告した。実質上の、奉行所から相州屋への事件解決の依頼である。しかも榊原忠之は忠吾郎に、〝よしなに〟と言った。

――如何《いか》ように処理するも勝手次第
言外にその意思が含まれている。忠吾郎も仁左もそれを感じ取った。相手が武家では、おもて向き奉行所は手を出せないのだ。

お仙と宇平が戻って来たのは、そのあとすぐだった。

陽はかたむいたといってもまだ高い。

宇平をともない、寄子宿の路地に入ろうとするお仙に、

「あらら、お仙さん、宇平さん。こっちこっち」

「あらあ、お久しゅう」

お沙世が呼びとめて手を振り、お仙は茶店に歩み寄った。

そのすぐ前を町駕籠が走り抜け、

「おっと」

宇平が一歩前に出てお仙を止めた。低く土ぼこりが舞う。

お仙は武家奉公の矢羽《やばね》模様の着物を着ており、宇平は挟箱を担いでいる。着替えの衣装などが入っているのだろう。いかにもお女中の一時の宿下《やどさ》がりといった風情である。

茶店の縁台の横で立ち話になった。客はいなかった。

お沙世は言った。

「さっきから忠吾郎旦那と仁左さんがお待ちですよ。染谷さんと玄八さんも一緒です。それも午前《ひるまえ》から」

「え、やはり」

お仙は返した。用人の林平兵衛から、郡家の女中二人をきょう相州屋が誘い出し、その策にお仙と宇平を必要としていることは聞いている。だからきょう突然の宿下がりとなったのだ。だが、それ以上のことは聞かされていない。平兵衛も知らないのだ。

「そう、やはりなんです。わたしも一緒に」

お沙世はいくらか切羽詰まった口調で言うと、

「お爺ちゃん、また縁台のほうお願い」

奥に声をかけ、

「さあ、行きましょう」

お仙と宇平を急《せ》かせ、さきに立って街道を横切った。

（ん、いったい？）

大げさとも思えるお沙世の挙措《きょそ》に、お仙と宇平は首をかしげながらつづいた。

裏庭から縁側に上がり、

「お仙さんと宇平さんがお戻りです」

お沙世のかけた声に、明かり取りの障子の内側が緊張した反応を示したのをお仙は感じた。二十歳を出たばかりとはいえ、幼少のころから父の敵《かたき》を追い求め、相州屋の合力《ごうりき》で本懐を遂げた娘である。神経は研ぎ澄まされている。

お沙世が障子を開けた。

「待っておったぞ」

忠吾郎の声に、部屋の視線が一斉にお仙へそそがれる。

「お久しゅうございます」

と、武家屋敷の作法をそのまま持って帰ったように、お仙は縁側に座し顔を上げた。お沙世の言ったとおり、部屋には忠吾郎と仁左、染谷に玄八の顔がそろっている。いずれもかつて悪徳の普請奉行黒永豪四郎《くろながごうしろう》に策を仕掛け、お仙に見事敵討ちの場を用意した面々である。それらがいま、お仙と宇平に期待の視線をそそいでいるのだ。

（なにやら容易ならざることが……）

お仙は覚った。

忠吾郎にすすめられ、お沙世とともに座の一員となった。宇平はいつもの習慣か、部屋の隅に座を取った。

久しぶりの挨拶もそこそこに、

「そなたらには戻って来たばかりですまないが、さっそくこれより小石川に出向いてもらいたい」

忠吾郎は告げ、仁左とお沙世も加わりこれまでの経緯を説明した。人がひとり殺害されている。加えてお寺への押込みである。驚きのなかにお仙はきりりと言った。

「深編笠の小郡順之助なる者が、郡順次郎であるかどうかを確かめればいいのでございますね」

「いや、それはあとだ。きょうはともかく、イネとマイなる女中二人を郡屋敷から誘い出し、ここへ連れて来ることだ。品川の殺しと西蓮寺への押込みの探索はそれからだ。郡順次郎が甲府へ発つまえに決着をつけねばならぬ。時間が限られている。さあ」

お仙は染谷に視線を向けた。お仙は染谷が北町奉行所の隠密廻り同心で、玄八がその岡っ引であることを承知している。

染谷はうなずきを返した。

（奉行所も黙認しておる）

と、目で言ったのだ。

一同は外に出た。忠吾郎とお沙世が見送った。前掛姿のお沙世は不満そうな顔つきになっている。仕方のないことだ。

お仙と宇平は、戻って来たときのいで立ちそのままである。宇平が挟箱を担ぎ、腰元姿のお仙に随っている。装《よそお》っているのではない、本物である。仁左はいつもの羅宇屋で背に羅宇竹の音を立て、玄八はそば屋の屋台を担いでいる。そこに遊び人姿の染谷も加わった。染谷が同道するのは、途中の町場で諍《いさか》いが起きたとき、ふところの十手に物を言わせるためである。

万全の態勢であり、手違いも、あすに日延べすることも許されない。

陽はさらにかたむいている。小石川は江戸城の北側であり、急がねば日が暮れてしまう。お仙を町駕籠に乗せても、それぞれのいで立ちから条件はあまり変わらない。

一同が発ったすぐあと、北町奉行所の小者《こもの》が相州屋に駈けこんだ。書状を一通携《たずさ》えていた。忠吾郎はその場で開いた。榊原忠之から相州屋忠吾郎へ、

──明日、会いたし

「承知」

口頭で小者に伝えた。

一同が小石川に着いたのは、ちょうど陽が落ちたときだった。

「こいつぁいいぜ」

仁左が言った。これから黄昏時《たそがれどき》で人の輪郭はとらえられても、顔がはっきり見えなくなるからだ。

屋敷の所在地は、お仙がイネとマイから詳しく聞いている。

二百石級ではおもては白壁でも、路地や裏手は板塀である。そのような似た屋敷が肩を寄せ合うようにならび、いずれもが門扉を閉じているが、郡順次郎の屋敷は八の字に開いていた。

一行はさりげなくそれぞれに間をおき、開かれた門扉の前を通った。人が慌ただしく動いている。引っ越しの準備だ。奉公人らは非常手段をとってでも暇をもらわねば、好むと好まざるとにかかわらず、そのまま甲府まで連れて行かれてしまうだろう。

イネもマイもいま、不安を覚えながら立ち働いていることだろう。屋敷ではそれを感じ取り、秘かに二人へ見張りをつけているかもしれない。それに郡順次郎が小郡順之助だとすれば、さきほどちらと門内に見かけた中間も、八百屋の女隠居殺しと西蓮寺への押込みに加担していた一人かもしれない。

通り過ぎ、角を曲がってから五人はうなずきを交わし、お仙と宇平があと戻りして郡屋敷に向かった。玄八も角を曲がり、屋敷の門の見えるところに屋台を据え、仁左が羅宇屋の道具箱を背負ったまま、遊び人姿の染谷と一緒に、そばを手繰る客を装った。

武家地の往還は人通りが少ないが、屋台を出しておれば近くの屋敷の中間などが出て来て、けっこう商いになるのだ。

お仙が門の脇に立った。宇平が挟箱を担いだまま、門内に入った。

庭に出ていた中間が訝《いぶか》しげに、

「どちらのご同業で。いま当家はご覧のとおり、こみ入っておりやすが」

と、声をかけてきた。宇平も紺看板に梵天帯《ぼんてんおび》の中間姿である。

「はい、こちらさまが新たな任地に赴《おもむ》かれると聞きまして、それで手前《うち》の屋敷の腰元がこちらさまのお女中と知り合いでございまして。ひとことご挨拶にうかがいました次第で」

「ほう、そうかい」

中間は首を伸ばして門の外をうかがった。楚々とした腰元が一人立っている。

「ほう。で、知り人の女中たあ誰でえ。いますぐ呼んでやらあ」

好意的に言い、名を聞くと奥へ駈けこんだ。宇平は胸をなで下ろした。疑われたようすはない。

たすき掛けで手拭を姐《あね》さんかぶりにしたイネとマイが、首をかしげながら出て来た。さきほどの中間も一緒だった。こやつが見張り役かもしれない。宇平は緊張を覚えた。だが宇平も並みの老僕ではない。敵を狙うお仙に、一貫して仕えて来たのだ。緊張する場での算段は心得ている。

陽は落ちたとはいえ、まだ明るさは残っている。イネとマイが宇平に気づくなり、二人が口を開くまえに、

「こちらで」

門の外のお仙を手で示した。

「これはっ」

「お久しゅう。ちょいとお話をと思いまして」

中間がついている。イネとマイが〝これはっ〟のつぎに〝鳥居さまの〟と口走るまえにお仙は二人を手招きした。中間の前で屋敷の名を出されてはまずい。

イネとマイは驚きの表情でお仙の立っているところへ歩み寄った。

中間もイネとマイにつづき、

「外であまり長話は困りますぜ」

やはり見張り役のようだ。すでに逃げ出した者がいるのかもしれない。

宇平が屋敷の中間に低声《こごえ》で言った。

「仲のいい女同士ですよ。話は長《なご》うなりますさあ」

「しかしなあ」

屋敷の中間が困惑したように言ったのへ、さらに宇平が、

「あそこにそば屋が出ていますさあ。わしはひと碗手繰りながら待ちやす。どうです、おごりやすぜ。あの腰元はいつも話が長《なげ》えので」

「そうかい。それじゃごちになるかい」

宇平と中間は屋台のほうへ歩を進めた。

屋台には遊び人と羅宇屋が先客で、そばを手繰っている。

「ならばわたくしたちもその近くで」

すかさずお仙もそれに応えるように言うと、イネとマイをいざなった。

「そば屋さん。二人分、つけてくんねえ」

と、宇平が屋台の前で歩をとめ、中間がその横にならんだが、

「わたくしたちはそのさきで」

と、お仙はイネとマイをともない、角を曲がった。すぐそこでも、角を曲がれば門からも屋台からも見えなくなる。

「おおお、おう。どこへ」

中間は慌ててあとを追ったが、イネとマイたちは間違いなくそこにいる。

宇平は、

「どうしなすった。そばはすぐ上がりやすぜ」

と、肩の挟箱を下ろし、地に置いた。

中間は安心したように屋台の前に戻った。

くりと手繰っている。

「お中間さんお二人、そこのお屋敷のかたで？　なんだか忙しそうでやすねえ」

そば屋の玄八が老けづくりの声で、

言いながらそばを茹で、

「へい、お待たせ」

中間の前に熱い碗を置いた。宇平の分もすぐにできた。

二人は碗を手にした。イネとマイの姿が見えず中間はいささか気になっている

ようだが、角のむこうで立ち話をしているであろう腰元のお伴が、挟箱を地に下

ろし一緒にそばを手繰っている。ひとまず安心はできる。

角を曲がったところでは、染谷が来るとお仙はイネとマイに、

「さあ、急いで。わたくしの言うとおりにしてください」

言うと背を押した。イネとマイにしてみれば、ずっと待っていた鳥居家からの

使者である。

「は、はい」

言われるままお仙に従った。染谷が警護役である。イネとマイが鳥居家の裏門を叩いたとき、応対したのが宇平とお仙であったのが、まさにこの二人にとっても相州屋にとっても、幸運だったたというほかない。

「ああ、うまかったぜ」

羅宇屋が碗を台に置き、道具箱を背負いなおした。

それがきっかけになったか中間が、

「まだ話してやがるのかい」

碗と箸を手にしたまま、角をのぞいた。

いない。

「えっ、どこへ行きやがった」

慌て、お供の宇平にふり返った。

宇平は涼しい顔で、

「その向こうの角に汁粉《しるこ》屋が出ていやしたから、そこへ行ったんじゃねえですかねえ」

「ああ、出ていやすよ。女衆は甘《あめ》えものにゃ目がねえでやすからねえ」

老けづくりのそば屋がさらりと入れた。

「その向こうの角だな」

中間は食べかけの碗を台に置くなり走って行った。

すでにあたりは暗くなっている。

言われた角を曲がった。

見当たらない。

さらに走り、別の角も曲がった。

やはり、いない。

中間は慌てた。頼みはお伴の中間である。挟箱を下に置き、まだそばを手繰っているはずだ。

もとの角に戻り、曲がった。

「えっ？」

屋台も挟箱の中間もいない。

「消えた？」

あたりを走ったが、もうすっかり暗くなっている。

羅宇屋の仁左とそば屋の玄八は灯りを点けず、さきに小石川を離れたお仙たちを追った。来る道々に話し合った策である。小石川に着き陽が落ちたとき、仁左が〝こいつぁいいぜ〟と言ったのは、このことだった。

七

一行がそれぞれに灯りを調達し、江戸城の西側になる市ケ谷《いちがや》で合流し、田町の札ノ辻にたどり着いたときには、すっかり夜も更けていた。行きは五人で帰りは七人になっている。裏庭の雨戸が開いており、居間の障子に灯りがある。忠吾郎とお沙世が待っていた。

寄子宿の長屋ではおクマとおトラが、忠吾郎からお仙と宇平が戻って来ることを聞き、空いていた部屋を掃除し、母屋からふとんも用意していた。人数が増えることにおクマとおトラは大喜びだったが、一行が戻って来たときには、さすがに自分たちの部屋で寝てしまっていた。

相州屋という人宿の寄子になってから鳥居家へ奉公に上がることは、道々に仁左とお仙がイネとマイに話した。二人は鳥居家がそこまで手を尽くしてくれたことに感動したものだった。

居間で屋台のそばを夜食に、さっそくそこは談合の場となった。イネとマイはここに至るまでの老婆殺しや寺への押込みなどを聞かされ、驚愕し肩を寄せ合い震えはじめた。

忠吾郎は言った。

「そなたら二人、郡順次郎の屋敷にいて、なにか気づくことはなかったかのう」

イネとマイは抱き合うように顔を見合わせ、

「あります、ありまする」

「その深編笠の侍、西蓮寺で小郡順之助と名乗ったという人、郡順次郎に間違いありませぬ」

「お伴の中間も、お屋敷の……」

「恐いっ。そんなことまで！」

交互に言い、二人は絶句した。

イネとマイは、自分たちを郡屋敷から連れ出してくれた相州屋の面々に、他人とは思えぬ親近感を覚えたか、ふたたび語りはじめた。郡順次郎の面体も、

「面長にて目が細く、唇も薄く、あごがいくらか尖っておりまして……」

「そうそう、体つきはいくらか痩せ気味にて……」

と、西蓮寺の住職とまったくおなじ証言をした。

二人が言う順次郎の日ごろの行状からも、

（睨んだとおり、もう間違いない）

一同は確信した。

甲府勤番を郡順次郎が命じられたのは、イネとマイが鳥居屋敷に駈けこんだ一《ひと》月《つき》ほどまえだったという。

「ご下命を受けてからです、お屋敷が慌ただしくなったのは」

「主人が役職を得たからだけではありませぬ。問題は、その任地だったのです」

二人は言う。その内容は、さすがに外からは知り得ぬことばかりだった。

遊び好き喧嘩好きの郡順次郎は、まさしく無頼の徒であった。そこにつきものの博奕《ばくち》も相当なもので、賭場《とば》での借金も重ねていた。

「詳しくは知りませぬが、数百両ほどと……」

二百石取りの小普請組の者が、十年かかっても返せる額ではない。順次郎は当初、よろこんだらしい。

「踏み倒して逃げられるぞ、と。甲州まで追いかけては来られまいなどと」

ところがそうはならなかった。賭場の胴元一家が郡順次郎を脅し、借金を返さなければ、なにもかもお上《かみ》にぶちまけて白黒つけるぞ……と。日ごろから博奕三昧《ざんまい》で、町場のやくざ者から多額の借金まであるとあっては、甲府勤番どころか家禄を召し上げられ浪々の身となるかもしれない。かもしれないというより、これまでの身持ちの悪さから、それはほぼ確実といえた。

「そこでわたくしたちは、かえってよろこんだのです」

「お家がなくなると、この屋敷から解き放たれる、と」

ところがこの正月明けに、郡順次郎は数百両あった借金を、一度に耳をそろえて返したという。

「それがおかしいのです。旦那さまは甲府の任地を見て来る、と正月明けに中間二人をともない、出立されたのです。それがきのうお帰りになり……」

「出立は正月二日でした。そのとき確かに旦那さまは深編笠をかぶっておいででした。お伴は中間さん一人で、もう一人は翌日出発し、帰って来られたときは三人一緒でした。旦那さまはこのときも深編笠でした」

お沙世の茶店の縁台で、深編笠の侍が〝おもしろいものを見せてもろうた〟と品川方向に立ち去ったのは二日である。さらにその深編笠の主従一行五人が棺桶を担ぎ、西蓮寺に押入ったのはきのうの十日夕刻である。

そのあいだ、品川で押込みの策を練っていたのだろう。大金を持ち帰ったことも合わせ、すべてが符合する。

符合しないのは、大道芸の演者が三人だったことである。

お沙世が言った。

「賊は五人、郡家主従と大道芸の者を合わせれば六人になりますねえ」

「なあに、一人は物見《ものみ》か使い走りでもして、現場にいなかっただけのことでやしょう。合わねえというほどの数じゃありやせんぜ。あの武州浪人、確か石川四郎五郎とか名乗ったそうでやすねえ」

玄八が老けづくりの声で言った。

「そういうところだろう」

忠吾郎も言い、異議を唱える者はいなかった。

忠吾郎は問いを入れた。これまでいずれもが殺しと押込みの科人《とがにん》割り出しに集中し、向後《こうご》の肝心なところまで思いが及ばなかった。忠吾郎ならではの問いである。

「イネさんにマイさん、郡家が甲府へ出立するのはいつだね。もう決まっているんだろう」

「はい、明後日でございます」

「わたしたち、見張られているようで、暇ももらえなかったのです」

イネとマイが応えたのへ玄八が、

「そりゃあ危機一髪でやしたねえ。下手すりゃあ、あんたらもあさってには甲州へ旅立ちでしたぜ」

「はい、まことに」

「鳥居さまにも相州屋さんにも、なんとお礼を言っていいか」

イネとマイは口をそろえた。

座はにわかに緊張した。懸念したとおり、日が迫っているのだ。

「夜も更けておりやすが、あっしはこのことを呉服橋の大旦那に」

「おう、そうか。実はおめえたちの発ったあと、呉服橋からつなぎがあってなあ。あしたまた会うことになったぞ。おめえともそこでまた会うかのう」

染谷が言ったのへ忠吾郎は話し、仁左と玄八は興味深そうな表情になった。この二人もあす、金杉橋に同道することになるだろう。

イネとマイにはなんのことかわからない。

お仙が宇平に、

「鳥居さまのお屋敷へきょうの首尾を報《しら》せるのは、あしたでいいでしょう。早めに出かけなされ」

「へえ」

宇平が返し、イネとマイはあらためて恐縮と安堵を織りまぜた表情になった。染谷はすでに呉服橋の北町奉行所に走った。真夜中でも、ふところに十手を呑んでおれば、怪しまれて道草を喰うことはない。

一同の話が終わり、縁側から裏庭に下りしな、忠吾郎が仁左に声をかけた。

「いよいよだが、おめえは行くところはねえのかい」

事態を報せ、下知をもらうところがあるだろう、と暗に言ったのだが、

「あした呉服橋の大旦那がどんな話を持って来なさるのか、そのほうが気になりまさあ」

と、仁左はふり返り応えた。

長屋は向かい合った女棟も男棟も五部屋ずつあり、おクマとおトラは一人ひとり部屋ずつ用意していたが、イネとマイはさすがにまだ不安があるのか、ふとんをひとつの部屋に運んだ。

事態が大きく動いた一日だった。

翌朝、裏庭の井戸端は大にぎわいだった。

おクマとおトラは、お仙と宇平が帰って来たことに大よろこびで、

「わしはちょいと鳥居さまのお屋敷へ」

と、宇平が顔を洗うなり出かけようとするのへ、

「ちゃんと帰って来るんだろうねえ」

「お仙さんはここに残っていなさるのに」

などと声をかけていた。

イネとマイについては、行き倒れや寄《よ》る辺《べ》のない者などと異なることに戸惑いながらも、

「寄子宿の朝はねえ……」

と、さっそく訓辞を垂れていた。

玄八はきょうもお沙世の茶店の脇に店開きをした。

仁左は確かに昨夜忠吾郎が問いかけたように、報告に行きたいところがあったが、イネとマイが寄子宿に二人だけになることを不安がり、午前中は長屋に残ることにした。

（急ぐことはあるまい。こっちの現場は切羽詰まっているのだ）

昨夜のうちに、そう判断したのだ。

おクマとおトラが出しな、居残りを決めた仁左に、

「若い娘さんが二人も入ったからって、でれでれして仕事をおざなりにするんじゃないよ」

「お仙さんもいるんだからね。みょうな気を起こしたりすりゃあ、薙刀《なぎなた》でひっぱたかれるからねえ」

などとからかっていた。

そのイネとマイの用心棒を兼ね、陽が中天にかかるのを仁左は待った。呉服橋の大旦那、すなわち北町奉行の榊原忠之が舎弟の忠次こと相州屋忠吾郎にいかような話を持って来るのか。おそらくこれからの展開に関わることだろう。興味深いところである。

宇平が帰って来た。目見得は数日中で、イネとマイはあらためて安堵の表情になった。

陽が中天を過ぎた。いまからぶらりと出かければ、金杉橋の浜久にはちょうどよいころに着こうか。

「さあ、行くぞ」

母屋の忠吾郎から仁左に声がかかった。玄八は用心のため、老けづくりのまま札ノ辻に残った。

四　誅殺《ちゅうさつ》の日

一

　榊原忠之と染谷結之助が金杉橋に歩を入れたとき、忠吾郎と仁左は浜久の前に差しかかろうとしていた。もちろん忠之は深編笠に大小を落し差に、染谷は脇差一本を腰に差しこんだ遊び人姿である。

　鉄の長煙管を腰に帯びた、恰幅のいい商家の旦那風の忠吾郎に随っている仁左は、股引に着物の尻を端折り、頭には手拭を吉原《よしわら》かぶりにしている。もちろん背の道具箱に羅宇竹の音を立てている。

　札ノ辻から行けば、浜久は金杉橋の手前である。

　忠吾郎が忠之の深編笠に苦笑しながら、

「このまま通り過ぎるぞ」

「へえ」

言ったのへ仁左は応じ、二人は浜久の前を過ぎ金杉橋に入った。

双方は橋の上ですれ違った。互いに素知らぬようすである。裕福そうな浪人を何者かの尾行がついているかもしれない。一方、相州屋はこれまで幾度も影走りをしてきた。誰がどのように目串《めぐし》を刺しているか知れたものではない。

橋の上ですれ違ったのは、尾《つ》けている者がいないかを互いに確かめ合うためである。

「いないようだな」

「そのようで」

忠吾郎と仁左が交わした声は、橋板に響く大八車の車輪や下駄の音にかき消されている。忠之と染谷も、おなじ言葉を交わしたことであろう。

忠吾郎と仁左は橋を渡りいくらか進んだところで引き返し、ふたたび金杉橋に雪駄《せった》の音を立てた。

浜久では昼の書き入れ時を終えた時分である。

忠吾郎と仁左が暖簾を頭で分けると、

「あらら。染谷さんがおっしゃったとおりですねえ。お連れの方お二人、いましがた来られたばかりで、いつものお部屋に案内しておきました」

女将のお甲が愛想よく玄関で迎えた。

言ったとおり、いつもの一番奥で手前を空き部屋にした座敷である。

「さきほどは」

「お互い、付け馬は曳《ひ》いていなかったなあ」

と、双方とも挨拶はそこそこに、さっそく用件に入った。四人とも身なりにふさわしく、あぐら居になっている。

奉行の忠之が言った。

「昨夜、染谷の報告を聞いて驚いたぞ。おまえたちはもうそこまで駒を進めておるのかとのう」

「あれも相州屋《うち》にとっちゃ、寄子確保の商いの一環だ。相手が武家じゃ、奉行所は手が出せまいい。西蓮寺の件もなあ。代わりに相州屋が最終決着まで請負わせてもらいやしょうか」

忠吾郎が返したのへ、忠之がつなぐようにつづけた。

「そのことよ。西蓮寺から寺社奉行の松平宗発《まつだいらむねあきら》さま経由で要請があった。町場での探索、よろしゅう頼むとな」

「ほう」

と、仁左がひと膝まえにすり出て、

「やったのは郡順次郎という旗本ですぜ」

「そこに間違いないことは昨夜、儂《わし》も染谷から報告を受けた」

と、会話は忠之と仁左のやりとりになった。

「だったらお城の目付もからんで来るんじゃねえですかい。そのほうからなにか話はありやせんでしたか」

仁左には気になるところである。

忠之は言った。

「なあに、旗本支配のお目付は青山欽之庄《あおやまきんのしょう》どのだ。儂とは昵懇《じっこん》じゃ。これについてまだ話し合《お》うてはおらぬが、あの仁の言うことはわかっておる」

「いかに」

問いを入れたのは忠吾郎だった。

忠之は応えた。

「郡順次郎なる者、不逞《ふてい》の輩《やから》らしいなあ。しかも甲府勤番を拝命し、江戸からいなくなる。なれど罪は償わせねばならぬ。そこで青山は言うだろう。その者の罪を白日の下《もと》にさらせば、切腹は免れまい。それはそれでいいが、旗本のタガが弛《ゆる》んでいることを世にさらすことになる、と」

「ふふふ、お上《かみ》のご威光に関わるってことですかい。お奉行らしい発想だ」

忠吾郎は返した。

忠之は言った。兄弟の応酬《やりとり》になった。

「いや、お城の目付衆も含め、全体がそう思うだろうということだ」

「兄者《あにじゃ》らしくもねえ」

忠吾郎は伝法な口調で返し、

「要するに、寺社に武家がらみの御掟《ごじょう》破りとあっては、目付が扱うか寺社奉行の委託を受けた町奉行所が仕切るか、どっちにころんでも支配違《ちげ》えの境界を踏み越えざるを得ねえ。ここはひとつ、なんとなくいずれかのお上の息がかかっていそうな、わけのわからねえところが影に走り、郡順次郎を人知れず誅殺《ちゅうさつ》すりゃあ成敗したことになるし、おもてに出さなきゃあ、ほれ、武家のタガが弛んでいることも衆にさらさねえですむ……と」

「よくもまあ、そこまでべらべら言いおったのう。ともかく、そういうことだ。まえに言ったときは、それをにおわしただけじゃったが……」

「こたびは、慥《しか》と申しつけたぞ……ですかい」

「まあ、そう願いたいところだ」

「大道芸の三人組はどうしやす。浪人を名乗っていやしたから、町奉行所の手の内ですぜ」

「そのことだ」

仁左が問いを入れたのへ忠吾郎は応じた。

「染谷から聞いたが、その三人組が郡順次郎と係り合いのある者か、あるいはまったくの別物か、まだわからんそうだなあ」

「まあ、そういうところだ」

忠吾郎は返し、忠之はつづけた。

「その三人は、北町奉行所がすでに江戸中に網を張った。もし郡順次郎と係り合いがあるようなら、即座に知らせて欲しい。そのために染谷を再度、相州屋に張りつける。むろん、寄子宿の戦力としてじゃ」

「昨夜は玄八どんも一緒に、そうしてもらいやしたぜ」

「このあとも、よろしゅう頼んまさあ」

仁左が言ったのへ染谷が返した。

これできょうの膝詰《ひざづめ》は、北町奉行である榊原忠之《ただゆき》にとって、弟の忠次《ただつぐ》こと相州屋忠吾郎に伝えるべきことは伝え、およそ目的を終えたが、肝心なことがもう一つあった。忠之は言った。

「昨夜、染谷から聞いたが、郡順次郎が江戸を発つのは明後日。すでに一日が経っているから、あしたではないか」

「そうなんでさあ。ですからあっしらはここでのんびり昼めしを喰っているよりも、早う染どんに戻ってもらって策を練りてえんでさあ」

「そういうことだ」

仁左が言ったのへ、忠吾郎がうなずきを入れた。

忠之はそのような忠吾郎と仁左へ頼もしそうに、

「これは参った。心強いぞ」

視線を向け、

「したが、奉行所の手の及ばぬところでな、ふふふ」

と、含みを持たせたものである。

このすぐあと、

「あら、きょうはお早いお帰りですねえ」

女将のお甲は玄関で、忠吾郎と仁左を見送った。

このあと、ひと呼吸おいて深編笠の忠之と遊び人姿の染谷が街道に出た。出ると両名は北と南に別れた。北へ行けば呉服橋御門内の北町奉行所、南は札ノ辻の相州屋である。

北へ向かった榊原忠之も忙しいのか、いくらか速足になっている。

街道を南へ忠吾郎と仁左を追った染谷は、さらに速足だった。心も急《せ》いている。郡順次郎の出立はあしたなのだ。

忠吾郎と仁左も速足になっている。自然、交わす言葉も早口になった。

「呉服橋の大旦那、奉行所の手の及ばぬところでなどと勝手なことを。今宵、小石川の屋敷で、それともあした江戸を離れてからということでやしょうかねえ」

「そういうところだ。まったく勝手なものだ」

仁左が言ったのへ忠吾郎は吐き捨てるように返したが、

「ふふふ」

と、忠之とおなじような含み笑いを洩らした。実兄の案をまんざらでもないと思い、その気になっているのだ。

染谷が追いついたのは、二人の足が札ノ辻に入ってからだった。

聞こえて来た羅宇竹の音に、お沙世が街道に飛び出て、

「あーら、お帰りは三人なのですね」

言うなり、

「お爺ちゃん、また縁台のほう、お願い」

茶店の奥に声を投げ、仁左と染谷につづき、寄子宿への路地に急いだ。

さっきは午過《ひるす》ぎに、金杉橋へ出向く忠吾郎と仁左を見送った。行き先を知っておれば、そこで誰に会ったかもお沙世にはわかる。しかも染谷が一緒に帰って来たとなれば、これから居間でなにが話し合われ、なにがおこなわれようとするのかも察しがつく。

昨夜、お仙には重要な役割があったのに、自分には出番がなかったのだ。

(こんどこそは)

駈けながら、お沙世の胸は高鳴った。

二

裏庭から居間に上がると、

「おう、やはり来たな。さっき声をかけようかと思ったのだ」

忠吾郎の言ったのが、お沙世には嬉しかった。

お仙も来て膝をそろえ、近くにそば屋の屋台を出していた玄八も帰って来て、さっそく〝軍議〟が始まった。

宇平は寄子宿の長屋に残っている。イネとマイがひと安堵したものの一夜を過ごし、相州屋がなにやら並みの人宿でないことに気づき、かえって怯《おび》えだした。そこで老僕の宇平が二人を鳥居屋敷の目見得に連れて行くまでのあいだ、ずっとそばにつき添うことになったのだ。

居間では忠吾郎が北町奉行の意向をあらためて話し、

「つまり、殺《や》れということだ。だが、殺しじゃねえ。町奉行所も寺社奉行も支配違いがどうのこうのと手が出せねえ。そこでわれらが代わって誅殺《ちゆうさつ》する。わしはそう解釈した」

「そういうことだ」

仁左がつないだのへ、染谷が大きくうなずいた。

お沙世とお仙もうなずいた。

座は緊張というより、切羽詰まった雰囲気に包まれた。

誅殺を仕掛ける機会は、今宵かあすしかないのだ。

今宵なら小石川の屋敷、あすなら江戸を出た道中のいずれかで……忠吾郎が口に出さずとも、座の面々は暗黙のうちに了解している。

どちらを選ぶか……。

お仙が言った。

「きょう長屋の部屋でイネさん、マイさんと話したのですが、あす朝のうちに順次郎どのは中間一人を供に甲府へ先行し、午《ひる》ごろにあとのご家中が身のまわりの品と一緒に発つ予定だったそうです。イネさんとマイさんもそのなかに」

さすがは昨夜、イネとマイを屋敷から連れ出す立役者になり、イネとマイもそれだけお仙に心を許していたか。二人はお仙に話していたのだ。

「武家が公儀の引っ越しで、女中二人が抜けたからといって出立の予定を変えるなんざ考えられやせんぜ」

「そのとおりだ」

仁左が言ったのへ、忠吾郎がうなずきを入れた。

決まりである。郡順次郎が中間一人を供に先行する。これほどの機会はまたとない。

染谷もすでにその気になり、

「甲州街道でやすね」

言うとお仙に顔を向け、

「イネさんとマイさんに、順次郎主従が屋敷を出る時刻を聞いてくださらんか」

「よせ」

とめたのは忠吾郎だった。

「朝のうちということが判っておれば、それでじゅうぶんだ。イネとマイはただでさえこの相州屋に不穏なものを感じておる。出立の時刻などを訊けばますます訝《いぶか》り、不安を感じることだろう。あの二人は、ただの人宿からの口入れとして鳥居屋敷に送り出してやりたい」

「それがよろしいかと」

お仙は応えた。

玄八が言った。

「そうとなりゃあ、あっしらが朝早くに小石川へ出向いて張りやすかい。一歩でもさきに屋敷を出られたんじゃ、もうお手上げですぜ」

「わかっておる。万全を期すため、仁左どん、染谷どん、玄八どんのお三方、今宵のうちに内藤新宿《ないとうしんじゆく》に入り、郡順次郎を待ち伏せるのだ。主従二人ならおめえら三人でじゅうぶんだろう。方途はすべて任せるぜ。内藤新宿なら四ツ谷大木戸の向こうで、すでに府外だ。染谷どんも玄八どんも異存はあるめえ」

「へえ、そのようで」

染谷が返した。

忠吾郎は仁左にも顔を向け、

「もし、知らせておきたいところがあるなら、いまのうちに行っておきねえ。どこか、あるんじゃねえのかい」

窺《うかが》うようにその表情をのぞきこんだ。

「へえ、ありやす」

意外な返答だった。どこもないとの応えが返ってくると思っていたのだ。

仁左はつづけた。

「したが、やめときまさあ」

「ほう。どこでえ、それは」

思わず忠吾郎は問い返した。

仁左は応えた。

「品川宿の八百屋でさあ。婆さんがこんなことで殺され、宿場役人に訴えてもらちは明かねえ。憤懣やる方ねえはずでさあ。できることなら自分の手で仇討《あだう》ちがしとうござんしょう。いまから行って声をかけりゃあ、きっと刃物を持って内藤新宿に駈けつけまさあ。そこをあっしらが助太刀をする……とまあ、一瞬脳裡をよぎったのでやすが、町衆の仇討ちは認められねえどころか、ご法度《はっと》になってまさあ」

そのとおりで、敵討《かたきう》ちが認められているのは武士のみである。町人が憎き仇を討ち果たしても、遺恨《いこん》による殺しとして情状がいくらか酌量《しゃくりょう》されるのみで、罪状はあくまで人殺しとなるのだ。八百屋のおやじに、それをさせるわけにはいかない。

忠吾郎の予期しなかった仁左の返答だった。

「まあ、おめえたちが見事に助っ人を果たす場面など、他人《ひと》にゃ見せねえほうがいい。わしらにとっちゃ、これは仇討ちよりも誅殺だからなあ。ともかく、おめえら三人が互いに合力してくれりゃあ完璧《かんぺき》だ」

　忠吾郎が言ったのへ、

「なにが完璧ですか」

　不意にお沙世が喙《くち》を容《い》れた。

　お仙も含め、一同の目がお沙世にそそがれた。

　お沙世は言った。

「そりゃあ内藤新宿で待伏せもいいでしょうよ。ですが、このお三方で誰が郡順次郎の風貌を知っているのですか。お供を連れたお侍さんなど、どこにでもいますよ。深編笠もいりゃあ塗笠もいましょう。顔は見ていませんが、直《じか》に接したのはわたししかいません。見れば背丈《せたけ》から年格好まで、それとわかりますよ。お三方に、見落とさない自信はありますか」

「もっともだ。したが、今宵は宿泊《しゆくど》まりだぜ。つき合えるかい」

　仁左が返したのへすかさずお仙が、お沙世に対抗意識を覚えたのではあるまいが、

「わたくしも参ります。わたくしが相州屋さんに戻りたいと願ったのは、此処《ここ》に

はこうした、世のためになる影走りがあるからなのです。わたくしならお沙世さんと違い、腕に覚えもあります」

「まっ」

お沙世が声を洩らした。

忠吾郎が間合いを置かず言った。

「ふむ。若い女人《にょにん》がふたり加われば、それに見合ったさまざまな策も立てられるんじゃねえのかい。郡順次郎を油断させることもできようて」

「そうなりやしょうかい」

染谷が言ったのへ、仁左も玄八もうなずきを入れた。

陽はかたむきかけている。

さっそく用意にかかった。内藤新宿までそばの屋台を担いだり、羅宇屋の道具箱を背負ったりはできない。しかも、いかなる斬り合いが必要となるかもしれない。自然体で刃物が持てるように、仁左と玄八はお店者《たなもの》の旅支度にかかった。お店者でも旅に出るときは、護身用の道中差《どうちゅうざし》を腰に帯びてもおかしくない。染谷がいつも帯びている脇差と寸法はおなじである。

お沙世とお仙は手甲脚絆に杖と笠である。お仙は四ツ谷の伊賀《いが》屋敷で修練を積んでおり、得物《えもの》は懐剣と手裏剣である。

　忠吾郎は向かいの茶店に出向いた。お沙世の祖父母の久蔵とおウメに、ひと声入れるためである。以前にもお沙世が泊まりがけで相州屋の裏走りに合力したことがある。娘拐《さら》いをやっていた将軍家御用取次《ごようとりつぎ》の中野清茂《なかのきよしげ》邸に打込みをかけたときだった。あのときは浅草《あさくさ》の旅籠で忠吾郎も一緒に出向き、女はお沙世一人で、大いに働いたものだった。

　久蔵とおウメは相州屋を信頼しており、それに孫娘の闊達《かったつ》な性格から、

「仕方ありませんじゃ」

「危険な目にさえ遭わなければ」

と、こたびも言ったものである。

　代わりに茶店にはイネとマイが出ることになった。二人にとっても奥の長屋にじっとしているより、動いているほうが気も休まるだろう。それに郡家はあす引っ越しであれば、二人を探索するどころではないはずだ。

　お仙と仁左が出かけても、宇平が残っておれば安心するだろう。こたび亭主の忠吾郎が残るのは、イネとマイに無用な心配をさせないためだった。内藤新宿まで悪の誅殺に最も出向きたいのは、忠吾郎なのだ。

男は振分荷物をちょいと肩にかけ、女は小さな風呂敷包みを腰に結び、ほんのそこまでの旅支度である。

心配そうに宇平が街道まで見送りに出た。久蔵とおウメも見送ったが、仕事のあいまに声をかけただけで、さほど心配そうでもない。イネとマイも長屋から出て来たが、そのまま茶店の手伝いに入るためだった。

この見送り光景を忠吾郎は、

(これでいいのだ)

相州屋の暖簾の内側から見ていた。一行はこれから人知れず、悪徳の輩《やから》を誅殺しに行くのだ。

命を奪うのは郡順次郎一人だが、供の中間も八百屋の婆さん殺しに手を下した一人なら、

「——生かしておくな」

忠吾郎は言っていた。

気がかりなのは、大道芸三人組の影がいっこうに見えないことだった。

(兄者に任せておけばいいだろう。こっちにもおクマやおトラがいることだし)

一行の背を見送りながら、胸中につぶやいた。

三

江戸城外濠《そとぼり》の四ツ谷御門の近くから西へ延びる甲州街道を二十二、三丁（およそ二・五粁《キロ》）ばかり進んだところに四ツ谷大木戸がある。その途中にお仙の遠縁にあたる伊賀者がすんでいた伊賀町《いがまち》がある。そこで幼少よりお仙は修練を積み、なつかしい土地である。

夕刻近くで往来人の足が慌ただしくなりはじめた街道に歩を踏み、

「女の身で、苦労なすったんでやしょうねえ」

「え、ええ」

仁左が言ったのへお仙は感慨深げに返し、ふところの手裏剣を着物の上からそっとなでた。敵討ちばかりでなく、相州屋の裏走りにいまそれを役立てようとしているのだ。

四ツ谷大木戸に着いたのは、ちょうど陽の落ちる時分だった。

抜ければ内藤新宿で、十丁（およそ一粁）ほどにわたって繁華な宿場の町並みがつづいている。

仁左、染谷、玄八、それにお沙世とお仙の一行五人は、あしたの朝、見落としのないようにと大木戸を入ってすぐの旅籠に部屋をとった。二階のふた部屋でどちらも障子窓が街道に面しており、往来人の動きがよく見える。

ふすまを開けはなし、ふた部屋をひと部屋にし、

「さ、ともかく腹ごしらえをしながら、策を練ろう」

染谷が言い、さっそく膳が運ばれた。

「あんれ、お客さまがた」

「ご一緒でございましたか」

膳を運んで来た仲居ふたりは言っていた。

「あとはわたしたちで」

と、お沙世が仲居を下がらせ、座は〝軍議〟の場となった。

五対二での待伏せである。どうしても楽勝気分がただよう。

「ことは殺しだ。心してかからねばならん」

「そのとおり。連携が乱れれば、こちらからも犠牲を出すことになる」

染谷と仁左は座を引き締め、

「わかってまさあ」

玄八は老けたお店者を扮《こしら》えているが、三十路の力のある地声で返した。

もちろんお沙世もお仙も、策を話すときはきりりと締まった表情になった。

話し終えたころ、外はすでに暗くなり、部屋は行灯《あんどん》の灯りのみとなっていた。策は幾通りも綿密に練られた。

甲州街道の内藤新宿は東海道の品川宿とおなじで、昼間は人と物資の集散地で人足たちのかけ声が飛び交っているが、陽が落ちると江戸府内からの客も呼びこむ色街へと変貌し、ちょいと路地に入ると酒と白粉《おしろい》の香とともに妓《おんな》たちの嬌声が飛び交いはじめる。

仁左、染谷、玄八の三人は、せめて素見《ひやかし》だけと思っても、お沙世とお仙への遠慮がある。ふすま一枚をへだてた、となりの部屋に陣取っているのだ。

相州屋の居間で、お沙世とお仙が自分たちも行くと言い出したとき、三人とも口には出さなかったが、女人ふたりへの期待とともに軽い失望も走ったかもしれない。さいわい、わらじを脱いだのが大木戸を入ってすぐの旅籠だったから、色街の喧騒は聞こえて来なかった。

窓の雨戸も閉めた暗やみのなかに、

「ごゆるりとお休みくださいまし。あしたは早うございますから」

ふすまの向こうから、お沙世の故意に丁寧な声が聞こえて来たのは、三人の男たちへの牽制《けんせい》のようだった。

「おう、お互いになあ」

仁左が返した。


翌朝、となりの部屋から聞こえた、窓の雨戸を開ける音に目を覚まし、

(お、もう朝かい)

仁左が雨戸を開けようと上体を起こすと、

「おとなりさん、さすが早うござんすねえ」

玄八の地声が聞こえ、暗やみのなかに人の動く気配がし、障子戸についで雨戸の開く音も聞こえた。手さぐりで開けたようだ。

明るくならない。

「外はまだ暗《くろ》うござんすぜ」

「夜明けめえか」

玄八が言ったのへ仁左がつづけた。

染谷も、

「したが、いまから準備は必要だなあ」

と、ふとんから上体を起こした。

ふすまの向こうからは、人の動きが伝わって来る。手さぐりで身支度をととのえているのだろう。仁左たちもつづいた。

障子窓の外が明るくなってきた。

おもての通りにはすでに人の動きが見られる。

ふすまが開け放たれ、部屋はひとつとなり、仲居に頼んでいたとおり、早めに朝の膳が運ばれて来た。

外は明るくなったが、まだ日の出まえである。

江戸府内では日の出の明け六ツに打たれる時ノ鐘を、仁左らは日の出まえのこの時分に聞いた。投宿している者も町の住人たちも、この早めの鐘で目を覚まし起き出す。

府内から内藤新宿に入り、西に向かうのは、暗いうちに江戸を発ち、先を急ぐ者であろう。これから府内に入ろうとするのは、きのう内藤新宿に入ったときすでに日は暮れ、やむなく宿をとった者であろう。どちらもけっこういる。

日の出の明け六ツの鐘はとっくに響いているのに、実際にはいまがようやく日の出である。

人のながれがますます多くなる。

郡順次郎はどの時分に小石川を発ったのか、あるいは発とうとしているのか、箸を動かしているあいだも見落としのないように、一人か二人がかならず障子窓のすき間から下を見つめていた。お沙世などは窓側に膳を持って行き、目を往還から離すのは膳のものを箸でつまむほんの一瞬だった。

捜《さが》すのは東から西へ向かう、武家主従の二人連れである。深編笠とは限らない。塗笠かもしれない。

一同は即座に発てるように身支度をととのえ、手甲脚絆も着け、あとは急ぎ階段を降り、上がり框《かまち》でわらじの紐を足に固く結ぶのみである。

膳を下げに来た仲居が、

「あんれ、朝早くにということでしたのに、まだ五人さまおそろいで」

と、不思議そうに言った。朝をすませるとすぐさま発つと思っていたようだ。

「いやあ、待ち人がいましてなあ。それがいつになるやらわからぬもので」

お店者の老けづくりで、外見にふさわしい皺《しわ》枯《が》れた声で玄八が言い、仲居は納得したように膳を重ね持ち、階段を下りて行った。玄八も大道芸人にもなれそうな、なかなかの芸達者である。

すでに幾組かの武家主従や武士同士の二人連れが下を通過した。いずれも、

「違います」

お沙世は言った。

陽はすでに東の端《は》を離れている。

下の玄関口の朝の喧騒も終わったようだ。

これ以上いては、宿の者に怪しまれる。

（早く来い）

一同は念じた。

「あれは」

「どこ」

仁左が言ったのへお沙世が目を凝らした。

他の三人も、障子窓のすき間に目をあてた。

塗笠に裁着袴《たつつけばかま》の武士が一人、背に打飼袋《うちがいぶくろ》を負い、手甲脚絆にわらじの紐はきつく結んでいる。明らかに旅装束で、数歩遅れて一文字笠の中間が挟箱を肩に随っている。いましがた四ツ谷大木戸を抜け、内藤新宿の地を踏んだようだ。

「あれは！」

「背丈、年格好、間違いありません」

お仙とお沙世の言ったのが同時だった。

挟箱の中間はおとといの夕刻、郡屋敷の正面門でお仙が声をかけた中間だ。お仙とともに消えたイネとマイの探索は、途中であきらめたのだろう。

塗笠の武士は、顔は見えずとも郡順次郎である。お沙世の目の確実さに加え、おとといの中間が随っていることからも、すでに確定である。中間が腰に差している木刀は、おそらく仕込みであろう。

宿代はすでにすませている。

五人は階下に足音を立てた。上がり框でわらじの紐を結びはじめたのへ、さきほどの仲居が奥から出て来て、

「待ち人のお方、ここへ寄りなさらないので？」

「そのようですじゃ」

玄八が皺枯れた声で返した。階段を急いで下りる足も、わらじを結ぶ所作も、老けづくりの玄八が一番もたついていた。

「またのお越しを」

仲居の声を背に、五人はつぎつぎと街道に出た。

「お世話になりましたじゃ」

と、玄八が最後になった。

旅籠の者は、いずれ大きな商家のご一行と見なしたことであろう。

順次郎主従はすでに旅籠の前を通り過ぎていた。

人のながれのなかに、その背が見える。

いよいよ街道のいずれかに、人知れず人を一人、あるいは二人、実際に葬《ほうむ》る舞台の幕が開いたのだ。まずの演技は、内藤新宿の通りに武家主従のあとを尾けることである。

五人は歩を進めた。

お仙がふり返り言った。

「玄八さんの演技、さすがですねえ。わたくしまでお年寄りを労《いた》わりたくなるほどでした」

「へえ、ありがとうございやす」

玄八は腰をさすり、さらに老けた挙措《きょそ》を見せた。

「まっ」

街道に歩を踏みながら、お仙は口に手をあてた。

一同の緊張が、いくらかやわらいだ。

郡順次郎とお供の中間に、尾行のついたことに気づいた気配はない。ただ黙々と歩を進めている。

四

十丁ほどに及ぶ内藤新宿の町並みは、四ツ谷大木戸から下町《しもちょう》、仲町《なかちょう》、上町《かみちょう》と三つに町割りされている。仁左ら五人がわらじを脱いだのは下町で、いま一行は朝日を背に上町の方向へ歩を踏んでいる。

繁華な宿場街が絶える上町のなかほどに、街道とおなじくらいの広さで南へ折れる下りの坂道がある。その坂道のほうが甲州街道であり、まっすぐ進めば甲州への裏街道となる青梅《おうめ》街道となり、一帯は大名屋敷や高禄の旗本屋敷がならぶ武家地となっている。

坂道は追分坂《おいわけざか》といって一丁（およそ百 米《メートル》）ほどつづき、下りきったところに宿駅の高札場《こうさつば》がある広場になっている。

広場には玉川《たまがわ》から開削した玉川上水の水音が聞こえ、甲州街道は坂下の広場からふたたび西へと延びている。

高札場の裏手に、街道から外れるように小さな橋が玉川上水の流れをまたいでいる。渡れば天龍寺《てんりゅうじ》である。内藤新宿一帯に響きわたる時ノ鐘は、この天龍寺が打っている。内藤新宿から江戸城まではかなりの距離があり、登城する武士たちが刻限に遅れぬようにと気を利かせ、日の出よりもいくらか早めに打っているのだ。だから仁左たちも日の出まえに、日の出の明け六ツの鐘を聞いたのだった。これが内藤新宿のいつもの朝である。

郡順次郎主従の行き先が甲州の甲府城であれば、当然主従は裏街道の青梅街道ではなく追分坂を下り、甲州街道を進むはずである。

入った。主従の足は上町で、追分坂に曲がったのだ。

一行は歩を進めながら、緊張を高めた。

昨夜、旅籠での軍議で決めたことである。

——仕掛けは、追分坂から下高井戸宿《しもたかいどしゅく》のあいだで
内藤新宿から下高井戸宿まで二里二丁（およそ八粁《キロ》）と、ひとまたぎの距離だが、追分坂を過ぎれば街道に起伏は多く、ところどころに代々木村《よよぎむら》や代田村《だいたむら》など

の集落が張りついている。村と村のあいだには林があって杣道《そまみち》になるようなところもあり、人知れず仕掛けられる場は多い。

問題はその方途である。そこに昨夜の軍議では、お沙世とお仙の出番がいくつか語られた。

「——正面切って罪科を挙げ誅《ちゅう》したいところだが、秘かにとあっては騙《だま》し討ちも仕方ないか」

仁左が言ったのへ染谷も、

「——八百屋の仇討ちも兼ねるが、それが主ではないからなあ」

言ったものである。

そうした策にお仙が、

「——仕方ありません、その方途で」

言えばお沙世は、

「——おもしろい。わたし、その悲鳴役に」

「——あっしもうまく応対しやすぜ」

玄八がつないでいた。

おのおのがそれぞれの役を胸に、いま追分坂に歩を踏んでいる。下り坂だから見晴らしがいい。さまざまな往来人のなかに、前を行く郡順次郎と挟箱の中間の背が見える。

一行はその坂道に戦陣の態勢をとった。

順次郎主従のうしろ五間（およそ九米）ほどに仁左が歩を取り、そのうしろ三間（およそ五米）ほどに染谷、さらに三間ばかりに玄八、お沙世、お仙の三人がつづく。歳とった番頭さんに若い女中が二人つき添っているように見える。

街道を行く者に、この五人が一連のものには見えないだろう。ときおり前後を入れ替わることにしている。順次郎主従のどちらかが不意にふり返っても、そのつど視界に入る顔が異なっておれば、それが往来の自然であり、尾けられているなど思いもしないだろう。

順次郎と誰も顔を会わせたことがない。中間とはお仙が郡屋敷の門前で面と向かい口もきいているが、後方におれば気づかれることはあるまい。仁左と染谷と玄八もそば屋の屋台で向かい合ったが、すでに黄昏時で顔ははっきりとは見えなかったはずである。それにそのときはそば屋のおやじと遊び人と職人だった。いまはいずれもお店者である。距離を置いてチラと見ただけでは、見分けなどつくものではない。

その陣形で下高井戸までの二里二丁のあいだに仕掛けの場を見いだす。そのときの地形、往来人の有無によって方途は異なってくる。

順次郎主従の足は高札場の広場を踏み、あらためて西へ向かう道筋に入った。両脇に家並みがつづくのはここまでであり、街道はいかにもこれより山間《やまあい》の甲州へ向かうといった風情になり、往来人も旅姿の者がまばらとなり、ときおり土地の百姓衆を見かけるばかりとなる。

前方の主従を含め、いずれもが黙々と歩を進めている。このまま何事もなければ、主従の足は四日ほどで甲州の地を踏み、甲府城を見つめてホッと息をつくことになるだろう。だがそれは、天の許さざるところである。

林を抜けた。地に百姓家がまばらに張りついているのが見られる。代々木村である。田は広がっているが、まだ春先の荒起《あらお》こしのまえで、人の動きはない。一面黒々として、花の赤や黄も草の緑もない。

一行の最後尾で玄八が言った。

「このあたりが最適と思ったのでやすがねえ」

「なぜ？　遮蔽物《しゃへいぶつ》がなにもありませんが」

お仙が問い返した。

「ほれ、あそこに立ち枯れていやすが、茂みが見えやしょう。あのあたりを狼《おおかみ》谷《だに》といって、焼場があるんでさあ」

「まあっ」

お仙が驚いたような声を洩らすとお沙世が、

「ああ、代々木村の狼谷とはあそこですか。話には聞いていたけど、ならば八百屋のお婆さんも……」

「そりゃあわからねえ。品川からここじゃ遠すぎらあ」

玄八は返した。

実際、近郷はむろん府内でも四ツ谷、赤坂、市ケ谷あたりで葬儀があり、火葬のときはこの代々木村の狼谷まで野辺送りの列が出る。

その代々木村を過ぎた。

前方の仁左と染谷から、なんの合図もない。

動きはあった。先頭を仁左と染谷が交替したようだ。

どこで仕掛けるか、この二人の判断にかかっている。すれ違いざま、二人は言葉を交わしたはずである。

つぎの村は幡ケ谷《はたがや》であり、さらに代田《だいた》、松原《まつばら》と集落は点在するが、一帯は武蔵《むさし》野《の》で起伏はあまりない。だが、街道が樹間を抜ける箇所は多い。

代田村を抜けた。さっきまで染谷と順次郎主従のあいだに旅姿の者が二人ばかりいたが、それが一人になっている。しかも、かなり急ぎ足だ。順次郎主従も速足だが、一人が挟箱を担いでおれば限界がある。

「――旦那さま、待ってくだせえ」

中間は幾度か言ったことだろう。

染谷は順次郎主従と間合いを縮めた。玄八たちからもそれは看て取れる。街道が樹間に入りそこに湾曲があれば、前にもうしろにも人影が見えなくなる。これまでも幾度かそういうところがあった。

松原村の手前に平坦だが広い樹林群がある。街道がそのなかで幾度か曲がっていることを、仁左も染谷も知っているようだ。

仁左がふり返った。あいだにほかの旅人も土地の者もいない。後方に二人いるが、かなりうしろである。樹間に入り、向かいから来る者が見えなくなった一瞬が好機となる。

(間合いを縮めよ)

先頭の染谷が手で合図を送ってきた。

最後尾の玄八が手を上げて了解を示し、

「いよいよのようですぜ」

低く言ったのへ、

「そのようですねえ」

お沙世がいくらか上ずった口調で返した。

だが、どの方法で、自分たちの役割は……？　まだわからない。

合図のとおり、すぐ前の仁左との間合いを縮めようと三人は速足になり、お仙がふところの手裏剣を上から押さえ、

「大丈夫かしら。林道《はやしみち》では、すれ違う人がいるかいないか、染谷さんたちにもわからないはずだし」

心配そうな口調である。代田村を抜けてから、すでに十数人の男や女、武士や町衆の旅姿とすれ違っている。

「それを言ってちゃあ、いつまでたっても機会は得られやせんぜ。さあ」

玄八は返し、お仙とお沙世へさらに速足になるよううながし、

「おっ、見なせえ。見えなくなりやしたぜ」

順次郎主従の背がいましがた樹林の往還に入り、視界から消えたところだ。急

ぎ足の旅姿も樹間に入った。このぶんだと、順次郎主従をすぐにも追い越しそうだ。それを見越したのか、染谷は順次郎主従にちょいと声をかければとどくほどに間隔をつめていた。

仁左がふたたびふり返った。

(もっと間合いをつめろ)

玄八たちに手で示した。

お沙世とお仙はうなずき、着物の裾をたくし上げた。

染谷の姿も見えなくなり、ついで仁左の背も樹間に入った。

五

「あら、冷えこんでいる」

お沙世が言った。三人の足も樹間に入ったのだ。

陽射しがない。これまで幾度も樹間を抜けたのにわざわざ言ったのは、

(いよいよ)

との思いがあったからだろう。

樹々《きぎ》に葉が生い茂り樹間は昼なお暗いということはない。ほとんどの樹々は枝のみで葉はなく、陽射しこそさえぎっているが暗くはない。だが往還が湾曲すれば、前方も後方も群生する樹々に視界のさえぎられることに変わりはない。

「そう、冷えやすぜ」

玄八が応じ、ふり返った。うしろの人影はかなり後方で、あとはすれ違った旅人で遠ざかるばかりである。

陽射しがさえぎられ、さっそくだった。凹凸《おうとつ》があり足場の悪い往還が湾曲し、前方が見えなくなっている。速足でそこを踏むとさらに曲がり、前方どころか後方も樹林群の外が見えなくなった。

仁左が待っていた。三人はホッとするものを感じた。

「玄八どんとお沙世さんはこの道端で、お仙さんは俺と一緒に茂みへ。そろそろ染どんがやつらに声をかけまさあ。さあ、早う」

三人は即座に、それが昨夜旅籠で話し合った策の一つであることを解した。

仁左が三人を待っていたのは、前方から来る人影は当面ないとの判断からだろう。後方から来る者はいるが、まだ間がある。

「わっかりやした」

と、玄八。お沙世とお仙の行動も迅速だった。

お沙世は玄八とその場に残り、お仙は仁左と一緒に立ち枯れている灌木《かんぼく》をかき分け、樹間に分け入った。

「よし、やれ」

灌木群の中から仁左は言った。この間、ほんの数呼吸での行動だった。

往還に残ったお沙世が不意に、

「きゃーっ」

染谷のすぐ前を行く順次郎主従にも聞こえたはずである。

「ん？　なんだ、いまのは」

順次郎は足を止め、ふり返った。

お供の中間も立ち止まり、

「確かに聞こえやした。女の悲鳴のような」

と、挟箱を担いだままふり返った。足音が聞こえる。

湾曲した往還を走って来たお店者が、主従の前に現われた。振分荷物に手甲脚絆の旅姿である。見るからに慌てている。ころびそうになった身を立てなおし、

「やっぱりここだった。よかったあ。助けてやって下さいまし」

お店者はすがるように言う。染谷である。

順次郎は立ち止まったまま、

「どうした。女の悲鳴のようだったが」

忠吾郎から聞いたとおり、面長で目が細く、唇も薄くあごが尖っており、冷酷そうな面構えだ。

「はい。女人が一人、何者かに林の中に連れ込まれました。さきほどからお武家さまの背が見えておりまして。助けてやってくださいまし。手前どもでは恐ろしゅうて」

「なにを言う。わしらは先を急ぐ身じゃ。係り合いのないこと」

順次郎は中間をうながし、立ち去ろうとする。

織り込みずみの反応である。それへの用意はしてある。

お店者の染谷は言った。

「お武家さま、小石川の郡さまではありませぬか。ほれ、出入りの畳屋でございます。あ、いま甲府勤番に向かわれるところでございますね。江戸に戻れば小石川で話させていただきまする。道中、郡さまが人助けをしなさった、と」

「なに！」

順次郎も中間も〝畳屋〟の顔を凝視したが見覚えがない。だが、染谷の言葉は効いた。〝小石川で話させていただきます〟は、ここで見捨てたなら、『吹聴《ふいちょう》しますぞ』と、おなじである。甲府勤番に出向く途中とはいえ、武士としてこれほどの恥はない。

さらに染谷は言った。

「難に遭《お》うております女、郡さま所縁《ゆかり》の者にございます」

「なに！　誰だ⁉」

「会えばわかります」

「むむっ」

順次郎は明らかに、冷酷な表情に困惑の色を浮かべた。

一方、林の中に仁左とお仙が待ち受け、往還には老けづくりの玄八とお沙世が立っている。ある程度は余裕を持たせたものの、早くしなければ往来人が前からもうしろからも来る。

「お沙世さん、もうひと声」

「はい。アレーッ、たれかあー」

玄八に言われ、お沙世がもうひと声上げた。

順次郎は武士の体面に関わる問題を突きつけられたのだ。困惑したところへ悲鳴の第二弾が飛んで来た。中間も挟箱を担いだまま動揺している。

「お助けを！　お供の方もっ」

染谷は悲鳴へ呼応するように言い、

「さあっ」

二人の背をいま来た後方に押した。

この町人はほんとうに出入りの畳屋か？　難に遭っている女はまことに所縁の者か？　疑念よりも、いま順次郎は動顛《どうてん》している。

「うううっ」

仕掛けた染谷も焦《あせ》っている。急がねば人が通る。

「早う！」

再度、主従の背を押した。力が入っていた。

「わ、わかった」

「旦那さまあっ」

順次郎は応じ、あと戻りに踏み出した。中間もつづいたが、出した声には、

（放っておきなせえ）

あるじを諫《いさ》める響きがあった。

「早う、早う！　すぐそこですじゃ」

染谷は二人を急き立てた。

すぐだった。

湾曲した樹間をすこしあと戻りすると、

「おおぉぉぉ、お武家さま。来てくだされたか」

老いたお店者が腰の道中差《どうちゆうざし》もだらしなく、おろおろとしたようすで、助けの来るのを待っていた。

若い娘も一緒である。

「お武家さま！　お願い、お願いいたしまするうっ」

老いたお店者の横で、足をばたばたと踏んでいる。

娘が一人茂みに拉致《らち》されたと聞いたのに、娘が一人、そこにいて助けを求めている。脈絡《みやくらく》が合わない。

そこへまた、

「アレーッ、たれかあっ」

茂みの中から聞こえた。近くにだけ聞こえる、抑えた声だった。

重なる悲鳴だ。もう脈絡の問題ではない。

「さあっ、ささっ」

染谷は激しく足踏みをしながら声のほうを手で示した。灌木にさきほど仁左とお仙が踏み分けた跡が残っている。

順之助は納得した思いになり、

「お、おう。そこだな」

「旦那さまあっ」

踏み入ったのへ、中間はなおも引き止めるように挟箱を担いだままつづいた。

「お願いしますぞっ」

と、染谷もその二人を追い立てるように灌木群に分け入った。

茂みのなかでは、

「来たぞ」

「はいっ」

仁左とお仙はさらに奥へと踏み入った。できるだけ往還から離れようというのだ。

往還で、玄八とお沙世はホッと息つく間もなかった。

身近に二人を見たお沙世が、

「間違いありません。あのときの深編笠と中間です」

言ったところへ、足場の悪い地面に足音が聞こえた。さきほどかなりうしろを歩いていた旅人である。湾曲した往還だから不意に現われた感じだ。お店者風だった。往還に人が立っているのに一瞬驚いたようだったが、相手が年寄りのお店者風に若い女の旅装束だったことに安心したか、

「どうなさいました」

歩をゆるめ問いかけて来たのへ老けづくりの玄八が、いかにも手持ちぶさたそうに、

「いや。連れの者がちょいとこの中へ」

「さようで」

お店者風は返し、通り過ぎた。

樹間の街道では旅人が男や女の別なく、ちょいと用足しに茂みの中へ入って行くのはよくあることだ。この樹林群に入るまえから、玄八たちはお店者風の視界のなかにあったはずだ。男一人に女二人だった。女一人がいない。

（野暮なことを訊いてしまったか）

お店者風は思いながら歩を進めた。その背はすぐに見えなくなった。これも往還に残った玄八とお沙世の、大事な役目なのだ。

向かいからまた二人、旅装束だ。

お沙世が言った。

「まだかしら。わたしも行きたい」

「ああ、行っておいで。ここで待ってるから」

玄八が皺枯れた声で返した。

二人連れは軽く会釈し、通り過ぎて行った。

樹間から、人の声も怪しい物音も聞こえて来ない。仁左とお仙は、順次郎主従をかなり奥まで誘いこんだようだ。その二人の背後を、染谷が慥と固めている。

六

「旦那さま」

「ふむ」

うしろにつづく中間から声をかけられ、順次郎はようやく、

(ん?)

と、ようすの奇妙なことに気づき、足を止めた。

悲鳴のしたほうへ灌木を踏み分けると、前方にさらに灌木を踏み分ける音がする。つられるように進んだ。一度踏み分けられているから、足を進めやすい。人影が見えた。二人、男と女だ。

『待て』

声をかけようとすると、ふたつの人影はなおも奥へ分け入る。

(どうしたことだ)

思ったところに、中間から声をかけられたのだ。

ふり返り、中間のうしろについている、最初に声をかけて来たお店者に、

「どういうことだ」

「へえ、前《めえ》をご覧なすって。止まったようですぜ」

鄭重だったお店者が不意に伝法な口調になったのへ、

「え?」

軽い驚きを覚え、言われるまま視線を前面に戻すと、これまで奥へ奥へと逃げ

こむような動きだった男女の人影は確かに止まり、しかもふり返っておいでおいでの仕草を見せているではないか。

ここまで踏込んだ以上、引き返すことはできない。しかも相手は自分に〝所縁の者〟だという。

「旦那さまア」

中間がまた言った。こんどは諫《いさ》めるより、不安をおびた口調になっていた。無理もない。女の悲鳴にお店者が追いかけて来て以来、その後の動きはすべてが異様であり、いまもまさにその最中である。

仕方なく踏込んだ。

「おっ」

声を上げた。

染谷も、

（さすがは、いい場所を見つけたな）

感心した。

不意打ちならどこでもできる。だが、街道から一歩でも遠く離れるとともに、対手《あいて》を訊問し、即座に動きのとれる場を求めていたのだ。

順次郎の踏込んだのは、草木が途絶え、地肌の見えている一角だった。どのような山中にも平地の樹林にも、イノシシやシカが泥浴《どろあ》びするぬた場がある。地形を知った猟師などはそこに狙いを定め獲物を待ち受けるのだが、いま仁左とお仙が待ち構えたのは、そうした場だった。まさしくいい場所を見つけたのだ。

「待っていたぜ、小普請組の郡順次郎」

身構えた旅姿のお店者に伝法な口調を浴びせられ、名まで呼び捨てにされ、

「ううっ」

驚きながらも腰を落とし、刀に手をかけたのはさすがに武士である。中間も肩の挟箱を投げ下ろし、木刀を引き寄せた。柄《つか》の部分に手をかけたところから、やはり仕込みのようだ。

つぎの刹那《せつな》、一歩踏み出た仁左が道中差をすっぱ抜き、切っ先を順次郎ののど元に当てていた。同時だった。お仙が手裏剣を挟んだ右手を上段に上げていた。心得のある者なら、打ち下ろせば手裏剣は飛び道具となって中間の顔面を射ることを見抜くだろう。

中間はいっぱしの心得はあるようだ。仕込みの柄に手をかけたまま一歩跳び下がり、

「うううっ」

あるじ同様、動きの封じられたのを覚ったようだ。

順之助は刀に手をかけたまま、おそるおそるふり返った。

お店者が道中差の柄に手をかけ、腰を落としている。すっぱ抜きの構えだ。

「ふふふ、小石川のお二方《ふたかた》よ。ここをお白洲だと思いねえ」

さすがに北町奉行所の隠密廻り同心か、ぬた場を奉行所のお白洲にたとえた。

この態勢に持ちこむのが初動の目的だったとすれば、たしかにそれは成功した。

中間が突然言った。動きは封じられても、目と口は動かせる。

お仙を凝視し、

「おまえ、確かおとといい、屋敷へ来た腰元！　イネとマイを……、どこへやりやがった」

「ふふふ、いまごろ気がついたかい。俺も一緒だったぜ」

順次郎ののど元に刃《やいば》を突きつけているお店者が言う。

中間はその者を凝視し、

「ち、違う。あのときは、もっと年寄りの同業だったぞ」

「ふふふ、誰が中間だと言った。わからねえかい、ほれ、一緒にそばを喰った仲だぜ」

「ああ、おめえ！」

「気がついたようだなあ」

「俺も一緒だったぜ」

背後の染谷が言った。

中間はふり返った。

「お、おめえも！　やっぱりおめえら、つるんでやがったのか」

「ど、どういうことだ」

のど元に刃を突きつけられたまま、順次郎が言った。二人ともさきほど往還お沙世に気がつかなかったのは、あのときの茶店では縁台で小休止をしただけで、そこの看板娘は意にもとめておらず、しかもさっきは樹間の悲鳴に気を取られていたからであろう。

中間は順次郎の問いに応えた。

「こいつらでさあ。二日前、イネとマイを屋敷から連れ去りやがったのは」

「なに！」

順次郎はおとといの事態を覚ったようだ。

言った。

「おまえたち、ただの町人ではあるまい。何者だ。まさか、ご公儀!? なにを、どう調べておる！ イネとマイはっ？」

「ご公儀？ ふふ、それに近いと思ってもらってもけっこうだぜ。マイとイネから、なにもかも聞いたぜ」

仁左が道中差の切っ先を順次郎ののど元に突きつけたまま、落ち着いた口調で言った。

「おめえら二人、二日に小石川を発ったらしいなあ。それで十日に、大金を持って帰《けえ》ったっていうじゃねえか」

「ううっ」

順次郎はうめいた。

仁左はつづけた。

「十日だったなあ。品川の鈴ケ森で夜鳥の一味が獄門になり、その見物の帰《けえ》りだろう。婆さんが一人、行《ゆ》く方《かた》知れずになった。それが死体となって三田寺町の西蓮寺に持ちこまれ、念の入った手法で大金が持ち去られた。そのときの深編笠の人相が、おめえさんにどんぴしゃりだぜ。その冷酷そうなところがよう」

「し、知っておったのか」

順次郎は刀に手をかけたまま、驚愕の態《てい》になった。

「許せませぬ」

お仙が上段に構えた腕に力を入れたのへ、中間は仕込みを握ったまま、びくりと反応を示した。

順次郎も中間も、戦う姿勢を崩していない。

背後から腰を落としたまま、染谷が言った。

「そう、許せねえのよ。罪もねえ婆さんを、おのれの都合で道端のコオロギみてえに殺しやがってよ。それをひっ担いでお寺へ押込みたあ、神も仏も許さねえ所業だぜ。したが、おめえもいっぱしの侍《さむれえ》だ。ここは天に代わってのお白洲だ。言いたいことがあるんなら、聞こうじゃねえか」

「ううっ」

順次郎はまたうめき、

「おめえたち、ご公儀か寺社か町方か知らねえが、いずれそのあたりにつながる者とみさせてもらうぜ」

伝法な口調になった。堅苦しい衣を脱ぎ捨てたのだ。

つづけた。

「仕置見物帰《げえ》りの、町場の婆《ばば》アをひとり絞め殺したくれえでなんの罪になる。寺じゃ人ひとり傷つけていねえぜ。西蓮寺とかいったなあ。あの寺町一帯で、町場に一番近《ちけ》えところに山門を構えていやがるのがいけねえのよ。出ればさっさと町場に紛れこみやすいからなあ」

「そ、そのとおりさ」

　中間がうなずきを入れた。

　順次郎はつづけた。

「悪戯《わるさ》は俺たちだけじゃねえぜ。幕府が悪いのさ。武士の末尾につながるおめえたちならわかるだろう。禄《ろく》はあっても役職はなし……、こんな飼い殺しみてえなのは、俺たち小普請組だけじゃねえぜ。出仕はしても昼寝だけして帰《けえ》って来る、役立たずの穀潰《ごくつぶ》しは一杯《いっぺえ》いらあ。一方、俺たち小普請組は、無役を理由に上納金を取られている。おかしいじゃねえか」

「確かにおかしい。だが、甲府勤番はどうなんだ。おめえさん、もう無役じゃねえんだぜ」

「だからだ」

仁左が言ったのへ、順次郎はわが意を得たりとばかりに応じ、

「その任をまっとうせんがため、すべてがそうした忠義の思いからだ」

仁左は思わず、道中差の刃《やいば》を順次郎ののどに刺しこみたい衝動に駆られた。だがいまは、天に代わる〝お白洲〟の場なのだ。

お仙が憤慨して言った。

「おかしいのはあなたです！　それを忠義だなどと」

「へん、忠義でさあ。俺《おり》ゃあ旦那さまの、そんなとこが気に入ってよ」

すかさず中間は言うなり、

「だーっ」

仕込みを逆手に抜き放ち、お仙の前面に飛びこんだ。右腕を上段に構えたままのお仙の身が、一瞬ゆらいだのだ。道中差の切っ先をのど元に突きつけているより、腕を大上段にふりかざしているほうが疲れる。その疲れからであろう。

とっさのことだった。

「おおぉぉぉ」

仁左の道中差の切っ先が順之助ののど元を離れ、中間に向かって風を切った。

この機会を順之助が見逃すはずがない。

「たーっ」

仁左に抜打ちをかけた。

「うぐっ」

「ひーっ」

うめき声と悲鳴が同時だった。うめき声は中間である。仁左が全身の力を込め横に薙《な》いだ道中差の刃《やいば》が、中間の抜き身を握った右手首を切断し、お仙の足元に落ちた。

お仙は悲鳴とともに一歩跳び下がった。右手首を失った中間がふらふらと前面に歩を進め、お仙は表情を引きつらせ、じりじりとあとずさった。その地面を、抜き身を握ったままの右手首がみるみる朱に染めている。

仁左のとっさの動きがなければ、血を噴いていたのは中間の手首ではなく、お仙の肩か胸だったろう。それを解したか、顔面蒼白になったお仙は、あとずさる足が震えていた。

仁左も命拾いをした。

手首を切断された中間のうめきを、

「ぎぇーっ」

男の悲鳴が迫った。

抜打ちをかけようとした順次郎の動きを、染谷は瞬時に看て取り無言ですっぱ抜きをかけたのだ。順次郎は長い大刀を抜き終らぬうちに、染谷の短い脇差の切っ先を背に受けていた。悲鳴はこのときのものである。

打飼袋の紐が斬られ、羽織の背に裂け目が走るなり鮮血がにじむ。大刀はもとの鞘に音を立てて戻り、その身は均衡を失い再度刀を抜く力もなく、中間とおなじように前面によろけた。

そこにいるのは、中間の手首を薙ぎ落とした仁左である。

「おっ」

迫る順次郎の身に向きなおるなり、まだ血のしたたる道中差の切っ先を下段から上段へ斬り上げた。手応えはあった。

「うぐっ」

順次郎の二度目の悲鳴であり、うめき声だった。腹から胸にかけて走った羽織の裂け目から鮮血が噴き出した。

その瞬間、

「しまった」

仁左は叫んだ。自分に迫って来たと思った順次郎の身に、なんら抵抗の気配がなかった。その身は仁左と染谷のあいだに崩れ落ちた。

仁左の道中差の切っ先とお仙の手裏剣の構えが、順次郎と中間の動きを封じたとき、三人とも策の予想以上にうまく進んだことに慢心した。三人とも、容易につぎの段階に入れると思った。その油断が、この事態を招いた。

断罪は、〝お白洲〟のあとのはずだった。

まだ間に合う。

うなずきを交わし、染谷が中腰になり検《あらた》めた。まだ息がある。だが、首を横に振った。

「面目ござらん」

仁左は、つい武士言葉で返した。

順次郎は虫の息だった。声をかけたりゆすったりすれば、それがきっかけとなり息の根が止まりそうだった。ほとんど同時に前後から浴びせられた衝撃と出血が、致命的だったようだ。

「仁、仁左さん」

お仙の声だ。

右手首を失っても、中間はまだ立っていた。前へ、一歩、二歩、足がよろめいている。お仙はうしろへ、うしろへ、下がっている。だらりと下げた右手首からはとめどなく血がしたたり、顔面蒼白に口もきけず、あたかも幽鬼のごとく倒れもせず寄って来る。

あとがない。そこはすでにぬた場の端である。お仙のかかとのうしろは立ち枯れた灌木だ。お仙の表情まで蒼白になっているのは、命への危険からではなく幽鬼への恐怖か……。

お仙が仁左の名を呼んだのがきっかけとなったようだ。中間の身が前面にぐらつき脛《すね》が曲がった。

「ひーっ」

「よせっ」

仁左は叫んだが間に合わなかった。

お仙は手にしていた手裏剣を握り締めた。狙ったわけではない。中間の身は崩れかかっている。手裏剣の切っ先が、中間の心ノ臓に突き立った。崩れ落ちる身を、お仙は横っ飛びにかわし、

「ふーっ」

大きく息をついた。

仁左は身をかがめ、検めた。中間は息絶えていた。

その背後から染谷が言った。

「こちらもだ、いま」

順次郎の心ノ臓も止まったようだ。

三人は無言だった。

此処《ここ》をお白洲と見立てての詮議はできなかった。

武州浪人の石川四郎五郎を名乗った浪人、元奉公人だったという次之平、さらにもう一人の口達者な男との係り合いを訊き出すどころか、いま目の前に死体となった中間の名も聞かずじまいとなった。

　埋葬しなかった。染谷が言ったのだ。

「ここはぬた場だ。死体はやがて猟師が見つけ、村方三役《むらかたさんやく》に届け出れば、道中手形から身許が判り、遺族のためになろう」

　合掌し、街道に出ると、玄八とお沙世が安堵の表情になり、

「ご安心くだせえ。幾人か通りやしたが、林の中から怪しい物音も声も聞こえて来やせんでしたぜ」

「相当奥へ誘いこんだようですねえ」

言っていた。三人の衣装に飛び散っていた血痕は、水場を見つければすぐ洗い落とせる程度だった。

街道を引き返し、その日はふたたび内藤新宿泊まりとなった。昨夜とは異なる旅籠にわらじを脱いだ。

夕餉《ゆうげ》の膳を囲んだときも、仁左とお仙は口数が少なかった。玄八は故意に碗を膳におく音を立て、言ったものだった。

「なあに、どのみち葬《ほうむ》らにゃならん野郎たちだったんじゃねえですかい」

「そうですよ。さすがお仙さん、すごい。わたしだったら、街道に聞こえるくらい悲鳴を上げていたかもしれません」

お沙世も言った。

七

翌日、睦月《むつき》（一月）十四日午過《ひるす》ぎ、金杉橋の浜久で、

「あらら、きょうはお一人なんですねえ、珍しい。相州屋さんの旦那もさっきお

一人で見えられ、いつものお部屋でお待ちです」

女将のお甲が深編笠の榊原忠之を迎えていた。

実際に北町奉行の榊原忠之《ただゆき》と相州屋忠吾郎こと榊原忠次《ただつぐ》の兄弟が、二人だけで相見《あいまみ》えるのは珍しいことだ。

忠之が廊下からふすまを開けると忠吾郎は、

「不意に呼び立てたりして申しわけねえ」

故意に町衆の伝法な口調で迎えた。若いときに武家社会の堅苦しさを嫌い、旗本の榊原家を出奔《しゅっぽん》したのだ。実兄と二人だけの膝詰《ひざづめ》であればこそ、なおさら武家言葉など使えない。

忠之は座りながら、

「驚いたぞ。きょう染谷が出仕するなり、おまえの言付けを持って来るのだからなあ。話はおおかた染谷から聞いた。おまえんところの仁左もあの敵討ちのお仙という娘も、それにここの女将の妹も、みんなご苦労だった」

「そんな礼はいりやせんぜ。わしら、奉行所のために影走りをしてんじゃねえ。そこを忘れてもらっちゃ困るぜ」

「ほう、これはまた一本とられたわい」

忠之は首筋を軽くたたき、

「ともかく悪徳の掃除を、よくやってくれた」

「したが、仁左とお仙に、ちょいと手違《てちげ》えがありやして」

「いや、あれでいいんだ。染谷から聞いたが、元凶さえ斃《たお》せばなあ」

「どういうことでえ。あとの探索は品川に寺社に武家と、いずれも支配違いのことだからってんじゃねえだろうなあ。それを兄者に訊いておこうと、きょう染谷たちが甲州街道から戻って来たときに、言付けを頼んだのだ」

「そうじゃねえ。郡順次郎は、支配違いを超えて許せぬ輩《やから》じゃ。かというて、おもてでは裁けぬ」

「ほれ、みなせえ。あんな非道《ひで》え、タガの弛《ゆる》んだ旗本がいたんじゃ幕府の沽券《こけん》に関わる、と端《はな》からいなかったことにしてえんでやしょう。言っておきやすが、天地がひっくり返《けえ》るほどの世直しでもしねえ限り、郡順次郎みてえな旗本はあとを絶たず、そのうち江戸城の屋台骨を喰いつぶしやすぜ。そこが幕閣のお人らはわかっちゃいねえ」

「ふふふ、忠次よ。おまえ、そんな話をするために儂《わし》を呼んだのではあるまい。いまの話は聞かなかったことにしよう」

「それも兄者のお立場、よござんしょう。用件に入《へえ》りやす。教えてくだせえ。奉行所じゃあとの三人、どこまで探索が進んでおりやす。元凶の郡順次郎とその従者が行く方知れずとなりゃあ、早う始末しねえと逃げられちまいまさあ。あの大道芸の三人でさあ」

「それよ。きのう深川《ふかがわ》に現われた」

「えええ」

「まず、聞け。深川で三日前に倒れ者があり、きのう午前《ひるまえ》、おなじ場所で成敗騒ぎだ。おまえから聞いた、札ノ辻でのやり口とまったくおなじだ。定町廻りからその報告を受けているところへ、染谷と玄八が帰って来たものだから、二人にはご苦労だがさっそく現場へ遣《つか》わした。なあに江戸中に網を張っているゆえ、一両日には居所は知れよう。そのときには、ここの女将の妹、お沙世といったなあ。面通しに合力を頼むことになろう」

「そりゃあ、お沙世ならよろこんで合力しまさあ。したが、大道芝居があったのがきのうってえのが気になりやすねえ」

「そうだ。儂も染谷から報告を聞いて、そう思った。郡順次郎が甲府城へ発つ日に、仲間が江戸で大道芸を打ってひと稼ぎするかとなあ」

「ひょっとすると、別物……」

「かもしれぬ。ともかくここ二、三日でカタはつけよう。それよりも、仁左はどうした。染谷は儂の差配で深川に行ったのじゃが、仁左は自分の用でいずれかへ行ったかのう」

「ああ、行ったようで」

「ふむ」

忠之は得心したようにうなずき、

「して、まだ自分から言わぬのか、おのれの素性を……。知られていることに、もう気づいていそうなものじゃが」

「おそらく。したが、まえにも言うたとおり、わしはやつがみずから話すのを待つ。質《ただ》せば、ふらりといなくなりそうでなあ」

「うーむ、そうだなあ。あいまいな状態にしておいたほうが、やつも動きやすいのかもしれぬ。そうそう、夜鳥一味の残党二人なあ、仕置はあしただ。また鈴ケ森の獄門台でなあ、これで夜鳥は終わりだ」

「もう一人いたのでは？」

忠吾郎は問いを入れた。

「ああ、あれか。やつらの口書《くちがき》じゃ、まだ子供で使い走りだったらしい。放っておいてもよかろう。したがって、探索は打ち切った。一件落着だ」

言うと忠之は確認するように、忠吾郎の表情をのぞきこんだ。

その視線に忠吾郎は、

「ふむ」

安堵に似たうなずきを返した。忠之はすでに市太の件を把握し、それを忠吾郎に託《たく》したのかもしれない。

仁左の素性も、とっくに気づいている。以前、登城したおりたまたま、本丸御殿の表玄関前で忠之は仁左を見かけたのだ。羅宇屋どころか、羽織袴《はおりはかま》に二本差だった。

内藤新宿から戻るとすぐ仁左は、

「――商いのやり残しがありやして」

と、忠之が忠吾郎に質したように、〝自分の用で〟出かけていた。

行った先は江戸城本丸御殿の表玄関前だった。ということは、大手門を難なく入り、伊賀者や甲賀《こうが》者の詰める百人番所の前も悠然と通過したことになる。いで立ちはカシャカシャと鳴る羅宇屋ではない。裃《かみしも》は着けていないが、羽織袴に二本差の武士だった。

本丸御殿の表玄関に向かって右手のほうに、目付部屋や徒目付《かちめつけ》の詰所があり、専用の出入り口がある。目付や徒目付は表玄関を経ずに、直接御用部屋に出入りできる仕組になっているのだ。

旗本支配は幕閣の若年寄である。だが実際に調査や不正の探索を差配するのは裃を着けた若年寄配下の目付衆であり、さらに現場に出向き足を駆使するのは、目付配下の羽織袴の徒目付たちである。徒目付は、ときには町奉行所の隠密廻り同心よろしく変装することもある。なかには町場に町衆として住みつき、そこから武家屋敷に目を光らせている者もいる。

町場にあっては羅宇屋である仁左が、いま羽織袴に二本差の姿で本丸表玄関の前を右手に向かった。

以前、北町奉行の榊原忠之が、ここで二本差姿の仁左を見かけたのだ。目付部屋に向かっていた。当然忠之は、その仕組を知っている。

札ノ辻の人宿に住まう羅宇屋の仁左、本名を大東仁左衛門《おおひがしにざえもん》といった。市井《しせい》に潜む、歴《れっき》とした徒目付である。

相州屋忠吾郎が浜久で北町奉行の榊原忠之と膝を交えているころ、大東仁左衛門こと羅宇屋の仁左は、江戸城本丸の目付部屋で、直属の目付青山欽之庄《あおやまきんのしょう》と対座していた。

「申しわけございませぬ。事後報告となってしまいました」

品川の女隠居殺しから西蓮寺への押込み、さらにきのうの顚末《てんまつ》までを語り、平身低頭していた。髷《まげ》も侍髷《さむらいまげ》になっているが、町人髷を結いなおしただけだから月代《さかやき》が広く、いくらか不自然に見える。やはり仁左は町人髷に手拭を吉原かぶりにした羅宇屋のほうが板についている。

凝《じ》っと聞いていた青山欽之庄は言った。

「案ずることはない。むしろ、よくやってくれた。若年寄の内藤紀伊守《ないとうきいのかみ》さまも、昨今の不逞《ふてい》旗本の行状には苦慮されておいでなあ。実は、郡順次郎もその一人じゃった」

「は？」

仁左は顔を上げた。

青山欽之庄はつづけた。

「あの者に甲府勤番を命じたのは、江戸から追い出すためじゃった。それが殺しに押込みまでやっておったとはのう。いやいや、じゅうぶんに考えられることじゃ。それを人知れず処断してくれたとはありがたい。紀伊守さまには、かように処理いたしました、と報告しておこう」

「ありがたきことに存じます。切羽詰まった状況だったとはいえ、つい差し出がましいことをしてしまい、申しわけございません」

「なあに、それでよかったと申しておろう」

「ははっ。つきましては、さきほども申し上げましたとおり、処断いたしましたるは郡順次郎とその配下の者一名にございました。西蓮寺に押入ったは武士二名に中間が三名にございました。まだ三名が不明にございます。いずれ郡順次郎の周辺の者と思われます。この三名を是非とも処断いたしたく……。お目付さまにはその割り出しに是非ともご助力願いたく、本日は報告とともにお願い申し上げたく、まかりこした次第にございます」

「ふふふ。だから大束よ、わしもさきほど申したろう。郡順次郎にはかねてより目串を刺しておった、と」

「ははっ」

「周辺の探索は進んでおる。寺社奉行の松平伯耆守宗発《ほうきのかみむねあきら》さまからも、西蓮寺の一件には武家がからんでいるようだから、探索を頼むとそれとなく依頼があってのう。徒目付を幾人か配しておる。もちろん、そなたにも下命する予定じゃった。それが知らぬ間に首謀者を割り出し、早々に府外にて誅殺したは重畳《ちょうじょう》。差配が判れば、他の三人も容易に割り出せよう。おっつけその者らも、なんらかのかたちで処置することになろう」

ほかにも徒目付が動いているようだ。

青山欽之庄はさらに言った。

「やつらの押込みの道具にされたのは、品川の老婆ということだが、ふふふ。そなた、桔梗屋とうまく連携したようだのう」

「御意《ぎょい》」

仁左は返した。桔梗屋のあるじが元徒目付であることを、もちろん青山は知っている。

つづけた。

「そなたは品川の八百屋とやらを、ねんごろに労《いた》わってやれ。すでに郡順次郎を討ったとなれば、八百屋は報復など人騒がせなことは考えまい。ともかく早急な処置、さすがは大東仁左衛門よ。それにしても、おぬしが世話になっている人宿のあるじ相州屋忠吾郎なる男、いまひとつ得体が知れぬが、いったい何者か。なんともみょうな男のようじゃが」

「青山さま、市井《しせい》にはさような者が、稀《まれ》ではございますがいるのですよ。誰に頼まれたわけでもない。損得がからんでいるわけでもない。ただ、動かねばならぬという情念に駆られて人知れず走る。そのような者が……」

仁左は返した。青山欽之庄は忠吾郎の素性を知らない。仁左も〝一風変わった人宿のあるじ〟としか話していない。忠吾郎にも自分の素性は、話していないのだ。

「うーむ」

青山はうなり、締めくくるように言った。

「こたびのこと、ご苦労であった。人知れず不逞《ふてい》旗本を消し去ったは、若年寄さまも寺社奉行どのも、さらに町奉行も、大いに是《ぜ》となさることだろう。ただし、向後は先走るでないぞ」

「ははーっ」

仁左にこのあとの役務は与えられなかったが、温情ある言葉である。仁左はあらためて平伏し、心中に語った。

（それがしも忠吾郎旦那とおなじでさあ。お上のために働いているんじゃござんせんぜ）

青山欽之庄にはそれがわかっているのか、板についた町人髷を武士風に結いなおした頭を見ながら、

（おまえらしいのう）

うなずいていた。立場上、それは口には出せない。

八

仁左がふたたび町人髷の羅宇屋に戻り、札ノ辻に帰ったのは、陽の沈みかけた時分だった。

忠吾郎はとっくに金杉橋から帰っていた。おクマとおトラも仕事から戻っており、裏庭に面した縁側に腰を下ろし、お沙世も来ていた。

きょう一日、相州屋は慌ただしかった。

鳥居屋敷から催促があり、内藤新宿から戻ったばかりというのに、お仙は午過ぎには番頭の正之助がつき添い、宇平とともにイネとマイを連れ、鳥居屋敷に戻

ったというより出向いた。イネとマイの目見得である。

仁左が帰ったとき、正之助が一人で戻って来ていた。今宵、お仙と宇平は鳥居屋敷泊まりになったらしい。あした、お仙と宇平だけが戻って来れば、

「——はい。イネさんとマイさんの口入れが成ったということになります」

正之助は忠吾郎に報告していた。

おクマとおトラは市太が寺に入り、また寄子になったばかりのイネとマイもいなくなり、残念がったようだ。

それらの話はすでに終わり、羅宇竹の音が路地に聞こえると、縁側の顔が一斉にそのほうへ向いた。といっても、忠吾郎、お沙世、おクマとおトラの四人だけである。忠吾郎とお沙世は、きのうどこへ行ってなにがあったか、おクマとおトラには話していない。

「あ、帰って来た、帰って来た」

「仁さん。まただよ、また」

おクマとおトラが縁側に腰を据えたまま、おいでおいでをする。

「どうしたい。なにかいい話でもあったかい」

言いながら仁左は縁側に歩み寄った。背の道具箱が音を立てる。

「またですって、あした。夜鳥の残党二人の引廻しですって。鈴ケ森まで。あとは獄門とか」

お沙世が言い、忠吾郎はうなずいていた。

その話に、縁側は盛り上がっていたのだ。

仁左は即座に、その話が北町奉行から出たことを覚り、縁側の前に立ったまま忠吾郎に視線を合わせた。忠吾郎も、仁左がなにを訊こうとしているのかを覚った。言った。

「わしが聞いたところでは、これで夜鳥一味はすべて獄門台で一件落着らしい。雑魚《ざこ》もいたらしいが、放っておいても差しつかえなし、と」

「お構いなしですかい」

「そうだ。もっとも、そやつのこれからの生き方しだいだがのう」

忠吾郎と仁左は目でうなずき合った。

お沙世もその意味を解したようだ。

翌朝、睦月十五日、女正月である。いっそうの話題性がある。うわさはすでに広まっていた。

「まえは五人、こんどは二人かい。悪いことはできねえもんだ」

「南無阿弥陀仏《なむあみだぶつ》、南無阿弥陀仏」

と、お沙世の茶店は、満席だった。

仁左はおクマ、おトラと一緒に路地を出たところに立っている。向かいの茶店の横、僧形《そうぎよう》の若者がいた。剃髪《ていはつ》はしているが、墨染《すみぞめ》の衣《ころも》がまだ板についていない。市太だ。庄助が一緒にいる。

ざわついた。引廻しの列が近づいたのだ。

来た。裸馬の二人は、僧形が市太だとは気づかなかったようだ。市太は下を向き、一心不乱に合掌しているが、まだ念仏の唱えられないのがもどかしそうである。

その姿に、

(大丈夫なようだな、精進《しようじん》するのだぞ)

仁左は心中に念じた。

暖簾の陰から忠吾郎も見ていた。視線は裸馬の二人よりも、市太に向けられている。仁左とおなじ思いになっていることだろう。

通り過ぎた。

札ノ辻はもとの往来に戻った。

市太と庄助の姿はなかった。おそらく市太が庄助に同行を頼み、裸馬の二人へお別れに来たのだろう。

仁左はそのまま品川に向かった。背に道具箱はない。仕置見物に行ったのではない。引廻しの一行を途中で追い越した。

行った先は桔梗屋だった。あるじにとなりの八百屋へ、女隠居殺しの主犯を誅殺したことを告げてもらうためだった。あるじが元徒目付であれば、仁左以上にさまざまな場数を踏んでいるはずである。手法も誰が討ったかも明かさず、うまく話すことだろう。

夜烏一味と郡順次郎一派とはなんの係り合いもない。だが、目的のためには無慈悲な殺しも厭《いと》わない……。そこに共通点はある。

女隠居の遭難は十日、夜烏一味五人の仕置があった日である。まだ初七日は過ぎていない。残党二人の仕置の日に仇を討ったことを伝える。品川はまた獄門首の話で持ち切りになる。

（あの八百屋一家、それなりに心の整理はつこうかのう）

仁左は思っている。

札ノ辻に戻ったのは、とっくに陽が中天を過ぎ、かたむきかけた時分になっていた。

鳥居屋敷からお仙と宇平が帰って来ていた。

二人は忠吾郎と正之助に言っていた。

「お女中頭《じょちゅうがしら》の嬉野《うれしの》さまからはよろこばれ」

「ご用人の林さまからは、わしに代わる飯炊きを早《はよ》うと催促されましたじゃ」

イネとマイの奉公は決まった。さっそくきのうからである。

きょうからあらためてお仙と宇平は、相州屋の寄子となる。

お沙世は、

「また寄子宿、華やかになりますねえ」

言っていた。

さらに三日ほどが過ぎた。鈴ケ森の獄門首のうわさは伝わって来るが、女正月も過ぎたとあっては、街道のながれに正月の雰囲気は消え去っている。

夕刻、遊び人の染谷とそば屋の玄八がふらりと来た。屋台は担いでいない。

「呉服橋の大旦那が、わざわざ儂《わし》が会うまでもなかろうゆえ、おまえから話しておけとのことでござんして」

言うものだから、仁左とお仙が母屋の居間に呼ばれた。お沙世も来た。相州屋での談合にしては珍しく、すこしばかりの酒が出た。お沙世がおさんどんで、お仙と玄八も手伝った。

染谷は言った。染谷と玄八が深川に向かったその日に、町方が大道芸三人の身柄を押さえていたらしい。

「あの三人組、本物でしたぜ」

「え、なにが？」

仁左は染谷の言っている意味がわからなかった。仁左だけではない。忠吾郎もお沙世もお仙も首をかしげた。

玄八が引き取った。

「つまりでさあ、やつらがこの札ノ辻でも打った芝居が、実は芝居じゃねえ。つくり話でもねえ。真実そのものだったたってわけでさあ」

聞いている一同は、ますますわからなくなった。

玄八はおもしろそうにつづけた。

「石川四郎五郎、本名で確かに武州浪人だそうで。倒れ者の次之平なる野郎も、確かに石川家の元奉公人で、家宝の香炉を盗んだのもほんとうでやした。五、六年前《めえ》の話で、あの口達者な留め男も石川家の奉公人で、次之平とは朋輩《ほうばい》だったたってことでさあ」

いよいよわからなくなった。

話はこうだった。

理由はわからないが武州川越《かわごえ》藩の藩士石川四郎五郎はなんの不始末があったか、切腹は免れたが浪々の身となった。そのどさくさに紛れて次之平が家宝の香炉を盗んで遁走した。

それが去年の夏、江戸の護国寺《ごこくじ》門前の音羽町《おとわまち》でばったり出会った。石川四郎五郎には奉公人が一人ついていた。そこで芝居で見せたのとそっくりの成敗騒動が起こったのだった。実際に石川四郎五郎は刀を抜いた。次之平は地面に平身低頭し、ついていた奉公人はなんとか止めようとした。

場所は護国寺の門前町である。集まった野次馬には参詣《さんけい》に来ていた善男善女が多かった。

「――ここで殺生はいかん」

「――許してやりなされ」

声が飛び、刀を抜いたのが浪々の身であれば、せめて香炉代の足しにとかなりの浄財が集まった。

それに味をしめたか、三人はつるんだ。次之平が倒れ者になったのは、持ち前の演技力と成敗騒動の芝居にいっそう効果をもたらすため、次之平みずからが提案したものだった。もちろん、それまでも一人で演じて稼いでいた。間合いを見計らって出て来る留め男も、なかなかの芝居達者だ。

お沙世が悔しそうに言った。

「んもう。わたし、すっかり騙された」

「で、三人の裁きはどうなった」

忠吾郎は苦笑しながら訊いた。

染谷が応えた。

「きょう、出やした。江戸十里四方の所《ところ》払《ばら》いで」

座にはホッとした空気がながれた。

染谷はつづけた。

「そうそう、大旦那が言っておりやした。お武家じゃ、西蓮寺押込みの残党三人が処断された、と」

「ほっ。で、いかな顔ぶれでどんな風に」

仁左が問いを入れ、お沙世とお仙の視線も染谷に集中した。

言った。

「もう一人の武士は微禄《びろく》の御家人で、郡順次郎の遊び仲間でやした。あと二人は郡家とその御家人の奉公人で。御家人は行状不届きの科《とが》で切腹、奉公人二人は町人ということで小伝馬町の牢屋敷で即刻斬首」

「まあっ」

「それはっ」

お沙世とお仙が驚きの声を上げたものの、座にはさきほどの江戸所払いに見せたホッとした雰囲気とは逆に、

（当然……）

極刑にわが意を得た空気がながれた。切腹といっても、実質上の斬罪である。

「即刻たあ、秘かにじゃねえのかい。人知れずによう」

仁左が皮肉っぽく言った。

「夜鳥一味のときは二度とも、故意に目立たせていやがったがなあ」

忠吾郎も得心したようにつないだ。

その翌日である。

すべてが一件落着している。

城中本丸御殿の廊下で、

「これはお奉行どの」

「いやあ、お目付どの」

と、北町奉行の榊原忠之と目付の青山欽之庄が出会い、立ち話になった。

「なんとか落ち着きましたなあ。さきほど寺社奉行の松平伯耆守《ほうきのかみ》さまにお会いいたし、もったいなくも礼を言われましたぞ」

忠之が言ったのへ青山欽之庄も、

「それがしは若年寄の内藤紀伊守さまから、よくやったとお褒《ほ》めの言葉をいただきましてなあ」

表情に笑みをたたえて言った。

だが幕閣につながる両名とも、内心は表情と逆だった。寺社奉行や若年寄の礼や褒め言葉は、事件をおもてにしなかったことに対してであることを、二人とも解しているのだ。

忠之と青山は同時に思った。

(大手柄は、相州屋や仁左たちではないのか)

そのまた翌日だった。

陽が大きくかたむいた時分、おクマとおトラが帰って来た。寄子宿の路地へ入るよりも茶店に歩み寄り、

「ちょいとお沙世ちゃん、聞いた?」

「あの成敗騒ぎさあ、狂言だったたって」

どこで仕入れたか、一日の終りで慌ただしくなりかけたなかに言った。

「えぇえ!　あの成敗するしないの騒ぎ?」

お沙世は返した。

羅宇竹の音が聞こえた。仁左も商いから帰って来たようだ。

一〇〇字書評

闇奉行　押込み葬儀

切・り・取・り・線

購買動機（新聞、雑誌名を記入するか、あるいは○をつけてください）	
□（　　　　　　　　　　　　）の広告を見て	
□（　　　　　　　　　　　　）の書評を見て	
□ 知人のすすめで	□ タイトルに惹かれて
□ カバーが良かったから	□ 内容が面白そうだから
□ 好きな作家だから	□ 好きな分野の本だから

・最近、最も感銘を受けた作品名をお書き下さい

・あなたのお好きな作家名をお書き下さい

・その他、ご要望がありましたらお書き下さい

住所	〒				
氏名		職業		年齢	
Eメール	※携帯には配信できません	新刊情報等のメール配信を 希望する・しない			

この本の感想を、編集部までお寄せいただけたらありがたく存じます。今後の企画の参考にさせていただきます。Eメールでも結構です。

いただいた「一〇〇字書評」は、新聞・雑誌等に紹介させていただくことがあります。その場合はお礼として特製図書カードを差し上げます。

前ページの原稿用紙に書評をお書きの上、切り取り、左記までお送り下さい。宛先の住所は不要です。

なお、ご記入いただいたお名前、ご住所等は、書評紹介の事前了解、謝礼のお届けのためだけに利用し、そのほかの目的のために利用することはありません。

〒一〇一―八七〇一
祥伝社文庫編集長　坂口芳和
電話　〇三（三二六五）二〇八〇

祥伝社ホームページの「ブックレビュー」からも、書き込めます。

http://www.shodensha.co.jp/bookreview/

祥伝社文庫

闇《やみ》奉行《ぶぎょう》　押込《おしこ》み葬儀《そうぎ》

平成30年6月20日　初版第1刷発行

著　者　喜安幸夫《きやすゆきお》
発行者　辻　浩明
発行所　祥伝社《しょうでんしゃ》
東京都千代田区神田神保町3-3
〒101-8701
電話　03（3265）2081（販売部）
電話　03（3265）2080（編集部）
電話　03（3265）3622（業務部）
http://www.shodensha.co.jp/

印刷所　堀内印刷
製本所　ナショナル製本
カバーフォーマットデザイン　中原達治

Printed in Japan ©2018, Yukio Kiyasu　ISBN978-4-396-34432-0 C0193